中公文庫

漱石の白百合、三島の松

近代文学植物誌

塚谷裕一

中央公論新社

漱石の白百合、三島の松　近代文学植物誌　目次

I

II

Ⅳ

漱石の白百合、三島の松　近代文学植物誌

I

漱石の白くない白百合

先刻《さつき》三千代が提《さ》げて這入《はいつ》て来《き》た百合《ゆり》の花が、依然として洋卓《テーブル》の上《うへ》に載《の》つてゐる。甘《あま》たるい強《つよ》い香《か》が二人《ふたり》の間《あひだ》に立ちつゝあつた。（『それから』）

漱石は百合を好んでとりあげた。とりわけ、『夢十夜』（明治四十一年）の第一夜や『それから』（明治四十二年）において「白百合」のはたす役割は非常に大きく、この点に着目した研究も多い。しかし、江藤淳の評論による指摘以来、『それから』作中の「白百合」は、赤と白という対比のうち白の側に立つシンボルとしてのみ扱われがちで、生きた植物として何百合であるのかは、ほとんど意識されていないようである。もっとも、『夢十夜』の「百合」は完全に象徴的なものであり、実際に手にとって見ることのできない存在であるから、それはそれとしてかまわないと思われるが、『それから』の「白百合」を鉄砲百合（テッポウユリ、*Lilium longiflorum*）のイメージでとらえる向きもあるのに対しては、漱石の愛読者として、また植物愛好家として一言明記しておきたいものがある。「白百合」

は、本当は「白い」百合ではないのである。

＊

『それから』において百合はただ一種、「白い百合」「白百合」が登場する。最初は三千代によって「三本ばかり」、次には代助によって「たくさん」花屋から買って来られるが、面白いことに二度とも雨を伴っている。この点について江藤淳は、性愛の象徴として雨が導かれたと解釈しているが、その当否は後述することにして、まず作中に描かれている問題の百合の特徴を整理しておくと、

一　花色は「白い」。

二　香りは「甘たる」く「強」く「重苦しい刺激」という性質のものである。

三　花弁は「翻《ひるがえ》る様に綻《ほころ》び」て「大き」い。

四　「蟻の座敷へ上がる時候」、「北海道」で「鈴蘭」が咲く頃、東京の花屋で入手できた。

この四つの特徴を兼ね備えた百合となると、あまり候補は多くないが、一応日本産の百合を一通り調べてみよう。日本の百合に話を限るのは、日本が、現在でも世界的に有数の百合の生産国であるうえに、漱石の時代に花屋でたくさん入手できたものといえば、外来種は考えられないからである。

植物分類学者の佐竹義輔氏によれば、日本に自生するユリ属（*Lilium* 以下*L.*と略記）の植物は約十二種である。この原種に加え、変種や園芸品種まで含めたうちで、「白い」花をつける種類は、純白のものとしては鹿の子百合（カノコユリ、*L. speciosum*）の白花品種や鉄砲百合（テッポウユリ、*L.longiflorum*）、その近縁種の請百合（ウケユリ、*L. alexandrae*）と袂百合（タモトユリ、*L. nobilissima*）、さらに笹百合（ササユリ、*L. japonicum*、三島由紀夫の『奔馬』に登場する）の白花品種、の五つがあげられる。また純白でなく斑紋《はんもん》が入っていてもよいとすれば、山百合（ヤマユリ、*L. auratum*）も加えて六種が候補となる。これらのうち右の四つの特徴を兼ね備えたものが「白百合」の正体ということになる。しかし映画『それから』（一九八五）に見るように、一般には鉄砲百合のイメージを強く抱いているようなので、その当否の判断から話を進めよう。

まず第一項「白い」という点については、問題はない。鉄砲百合は確かに白い。が、香りについては問題がある。鉄砲百合の香りは、決して「甘たる」くも「強」くもなく、作中の、鈴蘭の香とのアンバランスな対比や、重苦しい雰囲気を表現することはできない。この点は致命的である。さらに、第三項の花弁が「翻る様に綻び」ているという点に関しては、あのラッパ型の花形を思い浮かべていただきたい。やはり失格である。以上、鉄砲百合は問題の「白百合」であることが否定された。

さて、鉄砲百合を除外するとなると、鉄砲百合と同じ花形のため第三項にあてはまらない請百合、袂百合、笹百合も除外せざるを得ない。しかも稀少にして入手困難という点からも、これら三種は「白百合」ではない。残るは白花の鹿の子百合と山百合である。どちらも、香りのタイプは異なるが、「強」く「甘たる」い。また第四項も満たし得る。「白百合」はこのいずれかである。両種のこれら四項に関する差異を示せば、左表のようになる。

	カノコユリ	ヤマユリ
(一項)白い花	白花品種は純白。普通は淡紅色の地に紅の斑点が入る。	地は白いが、普通、黄の筋と茶褐色の斑点がある。
(二項)香り	強く甘い。「甘たる」いが「重苦し」さはない。	強く甘たるい。特に雨の日には「重苦し」い。
(三項)花弁の「翻」り方	完全に反転し、全体として球状となる。	完全に反り返らず、「綻び」る感じで開きが「大き」い。
(四項)切り花の入手	白花は稀だったと思われる。	容易だったと思われる。

総合的に考えると、第一項を除いて山百合のほうがよくあてはまる。ただ一つの難点は、「白い」という点である。夏の野に咲く山百合を間近に見て、「白い」と思うことは稀であ

ろう。多くの場合、地の白よりもその中央に走る黄色の筋と茶褐色の斑紋、また雄蕊《おしべ》の先の紫褐色の葯《やく》のほうが強く印象づけられるものと思う。これを漱石が「白い」と表現したと見るのは、無理のように思われるかもしれない。この点については後に述べるが、植物分類学の守備範囲で弁明すれば、*Lilium auratum*「黄金色のユリ」という学名に示されるように、人によっては山百合の花を黄色いと見ることもある。黄色のみを強調する見方がある以上、あれを白いということがあっても不思議はない、というところであろうか。一般論としては、山百合を白いと見ることはありうると言ってよかろう。問題は、漱石が山百合を白い百合と見たかどうかである。この点は植物分類学では解決できない。ここで漱石の文章にあたることにしよう。

*

漱石は白い百合をあちこちに登場させている。『夢十夜』の「真白な百合」は有名であるが、これは最初に述べたように象徴であるから、何であるか詮索する必要はない。強いて言えば、「真白」で「茎の頂に」「細長い」蕾をつけることから、これこそ鉄砲百合であろう。鉄砲百合について漱石は、他に『咄哉帖』の中に「百合図」（大正四年五月の作）として残している。

さて、漱石が山百合を「白い」と表現した証拠は、『思ひ出す事など』（明治四十四年）

ヤマユリの花（自宅にて著者撮影）

第三十段に見られる。修善寺での大患のときの記述である。

　山を分けて谷一面の百合《ゆり》を飽《あ》く迄眺めやうと心に極めた翌《あくる》日《ひ》から床の上に仆《たお》れた。想像は其時限りなく咲き続く白い花を碁石《ごいし》の様に点々と見た。それを小暗《をぐら》く包まうとする緑の奥には、重い香《か》が沈んで、風に揺られる折々を待つ程に、葉は息苦しく重なり合つた。——此間《このあひだ》宿の客が山から取つて来て瓶《へい》に挿《さ》した一輪の白さと大きさと香《かほり》から推して、余は有るまじき広々とした画《ゑ》を頭の中に描いた。

　ここで漱石はある百合について「白い」「白さ」と述べ、やはり「大き」い花で「重い香」を持つことを記している。漱石は明記していないが、これが植物学的に山百合であることは明らかである。修善寺山中に、「山を分けて谷一面」に自生するのであるから沖縄周辺が原産である鉄砲百合も、九州・四国を自生地とする鹿の子百合も、ましてその園芸品種たる白花品種もありえない。山百合以外には考えられないこの百合を、漱石が現に「白い」と表現していることから判断して、『それから』の「白百合」も山百合であると結論して間違いないであろう。してみれば漱石は、山百合の花弁の中のディテールを無視し、大把《おおづか》みに白いと表現していたものとみえる。しかしその大把みな描写は、後の多くの漱石論における、この百合に対する大雑把さとは別であったと私は考える。たとえば、前に触れたように、『それから』では三千代も代助も雨の日に百合を買ってくる。あの山百合の強い香は、雨の日の、蒸し暑い室内でこそ本領を発揮し、「甘たる」く「重苦し」く香ることを、漱石とその時代の読者は実体験していた。だからこそ漱石は、あの、代助が技巧を捨て社会に反してまで「自然」、つまり自分の本心に直面すべき重苦しい場面にふさわしい山百合と雨の日とを組み合わせたのである。高等遊民にふさわしい、昼下がりの鈴蘭の軽い香に対比させた上で。

漱石の「白百合」は、後世の、生きた植物に親しむ機会を失った人々にとっての、白い色という属性しかない単なるシンボルでは、決してなかったのである。

(『UP』一九八八年一一月号「漱石『それから』の白くない白百合」を改題)

描かれた山百合の謎

以前、漱石が『それから』で重要な役割を与えた「白百合」は、実は純白の百合ではなく多彩な色を持つ山百合であることを指摘したことがある（前章）。『それから』（明治四十二年）十章で漱石は、鈴蘭の「極めて淡い、甘味《あまみ》の軽い、花の香《か》」を楽しむ代助の姿を一旦もってくる。代助は神経に強い刺激を与えないよう、そういう香りを選んで現実逃避を試みるわけだが、そこへ突然三千代が「甘たるい強い香」、「重苦しい刺激を」もつ山百合の花束を、直視すべき現実と共に抱えてやって来る。高等遊民としての平穏な生活を破る事件の予兆。その後の、代助がそれを鈴蘭の束の中に「不思議に無作法に」突っ込んでしまうまでの不安と混乱に満ちた一連の動きは、鈴蘭と山百合との香りの違いを巧みに生かした類を見ないものである。それだけに、ここをただの白い百合と読んでしまう現在の傾向が惜しく、そのような指摘をしたわけであった。

幸い、この私説は複数の漱石読みの方々から認めていただけたが、問題はそれで解決したわけではなかった。というのも、その時点で私は寡聞にも、山百合に白い色のみを見る特性は漱石固有の問題だと思っていたのだが、その後注意して見ていると、これが実は漱石に限ったことではなく、多くの日本の作家に共通したものであることに気づいたからである。もっとも、ほとんどの例は、テキストを読み解く上で『それから』ほど重大な誤解を呼ぶものではないから、その意味では問題は少ない。が、複数の作家がおしなべて山百合を白いと見なしていたとなると、これは漱石一人の気紛れではない。とすれば、この白百合は純白ではなく、実は山百合である、と単に指摘すればすむ問題ではない。しかもそうした例を見比べていくと、不思議な点が幾つも認められる。

一体なぜ、日本の多くの作家は申し合わせたように山百合を白百合と呼び、そのカラフルな花から白の色のみを抽出して描写したのだろうか。

＊

山百合の花はカラフルである。だからこそ、山百合を「白い」百合と扱う現象が不可解にうつるのである。しかし今日では自生地が急減したため、また、沖縄、北海道、四国、九州などの地域にはもともと山百合が自生しないため、山百合の名前と花とが一致しない人も多いと思われる。その場合、私が抱いた不思議さが充分納得いただけないかもしれない。話をすすめる上で、山百合の鮮明な印象は必要不可欠であるから、まずその姿を紹介することにしたい。

山百合は比較的丈が高く、その茎の先に数個の花をつける。この六枚の大型の花弁（厳密には萼に相当する三枚と花弁に相当する三枚からなっている）からなる花の色が問題で、その六枚の花弁はみな、地は白色であるが中央に黄色の帯が走っており、その上さらに赤褐色から紫褐色の突起状の斑紋《はんもん》が一面にちりばめられている。

さらに雄しべはやはり六本あり、その先端の葯《やく》は大量に褐色の花粉を詰めている。中央にある雌しべは一本で、雄しべの花糸の部分と同じく緑色。このように山百合は、花弁の色だけでも賑やかなところ、雄しべ・雌しべの色も合わさって多彩な紋様に彩られている。その上に、花そのものも大きくて、後に述べるように夜目、遠目に見た場合以外には純白に見えることはないと思われる。ちなみに、山百合の学名の種小名は *auratum* であり、「黄金の」という意味を持つ。命名者 Lindrey にとって、この百合は中央の帯の黄色が印象的だったのだろう。

＊

さて問題は山百合の描かれ方である。

まず最初に引用すべきは、徳富蘆花の文章であろう。彼は山百合を県花とするほどに山百合が豊富だった神奈川県の湘南地方に住んでいたことがあるだけに、その描写は非常に多い。愛着もあったようで、彼の『自然と人生』（明治三十三年）に収められている『自然に対する五分時』には、「山百合」という章があって、これは題名通りその美点をことごとく書き連ねた文章である。書かれている対象は生育地の描写からしても山百合に違いない。ところが、ここでの山百合は文字どおり「白百合」と同義語である。「花のみ白う暮れ残る」、「白く咲き出《い》でし此花《このはな》」、「緑の天鵞絨《びろうど》の絨氈《じゆうたん》に白き花紋を浮織《うきおり》になしたる如」、「白玉《しらたま》の盃の如き其花」、「潔白の色を操と保ち」……どの表現をとってみても、実物を知らないで読んだとしたら、山百合とは純白な花だと思い込むに違いない文章となっている。これと同様の表現は、おなじ『自然と人生』に収められている『湘南雑筆』の「夕山の百合」という章にもみられ、「点々たる百合の花、朧夜《おぼろよ》の星の如く、ほの白う暮れ残りぬ」とある。

どうも蘆花は山百合の花に、白という色以外の色彩は認めなかったらしい。自然描写の文中にあってこれを貫いている点、蘆花は他のどの作家よりも極端である。彼の先の文章では、香りの表現にも不思議なものがある。

山百合唯一枝小篠《をざさ》にまじりて咲き居《を》りぬ。膝のほとりまで露に浸《ひた》りつゝ小篠を分けて之を折れば、白玉の盃の如き其花に湛《たゝ》へし露ははら〳〵と衣に落ち、手折る吾袂は清香《せいかう》に重うなりぬ。

此花に対して思ひ出づるは、高潔なる天女の面影なり。清香を徳と薫じ、潔白の色を操と保ち、雑木熊笹《くまざゝ》あら〳〵しき浮世に生れ出で、しかも浮世に雑《まじ》らず、世を憂ひ人を悲しみては涙露と凝り、つねに憂ひの顔を帯ぶれど、天日を仰ぎては涙含みし眼に望の微笑を湛へ、人知れぬ山中に生《を》ひ出でゝはひとり見る人もなき栄枯をなして憾《うらみ》なく、山にありては山に咲き、園に移されては園に薫り、咲きて誇らず散りて恨みず、清く世を過ぎて永遠の春に入《い》る。是《こ》れ清き天女の面影、是れ白百合の神にあらずや。

ここのくだりはかなり観念的である。あの山百合の香を「清香」としている点、これまた実物から遊離しており、理解に苦しむ点の一つである。先に述べたように山百合の香は重く、きつい。最初に触れた『それから』はその重苦しい香の特性を扱った白眉であるし、横光利一の『花園の思想』（昭和二年）でもそれが表現されているくだりがある。それは、主人公が病身の妻の「部屋の壁々に」「シクラメンと百合の花。ヘリオトロオプと矢車草、シネラリヤとヒアシンス。薔薇とマーガレットと雛罌粟《ひなげし》と」を持ってくる場面である。すると――

「あの百合の花を、此の部屋から出して。」と妻は云つた。

百合の匂ひは他の花の匂ひを殺して了《しま》ふ。――

「さうだ、此花は、英雄だ。」

> 彼は百合を攫むと部屋の外へ持ち出した。が、さて捨てるとなると、その濡れたやうに生き生きとした花粉の精悍な色のために、捨て処がなくなつた。彼は小猫を下げるやうに百合の花束をさげたまま、うろうろ廊下を廻つて空虚の看護婦部屋を覗いてみた。（中略）まもなくここで、疲れた身体を横たへるであらう看護婦達に、彼は山野の清冽な幻想を振り撒いてやるために、そつと百合の花束を匂ひ袋のやうに沈めておいて戻つて来た。

これが山百合の香である。どうして蘆花はこれを「清香」と表現するのか。ここでは問題を提起するにとどめ、いったん色彩のほうに戻ろう。

その表現のどれを見ても蘆花は白いとしか書いていない。とはいっても、よく先のくだりを見比べてみると、その意味は一通りではないことがわかる。これらの「白い」という表現のうちの一部は、写実にもとづいていて理解可能なものだからである。たとえば、遠目に見た描写であれば、白く見えるのは事実である。群落の表現である「緑の天鵞絨の絨氈に白き花紋を浮織になしたる如」などはそう解釈できる。また、「花のみ白う暮れ残る」、「ほの白う暮れ残りぬ」という表現も、話が夕方から日暮れ時にかけてなので、夕暮れに「ほの白」く浮き出て見えるというのは、これもまさにそのとおりである。

そこでこれらの「白い」という表現のうち、今あげたような理に適ったものを、仮に夜目・遠目型と呼ぶことにしよう。夜目・遠目型の「白百合」像は、実際にそう見えるだけに、多くの作家の文章に共通して認められる。例えば泉鏡花の『春昼』（明治三十九年）「二十二」では、「遠くの方は、小さくなつて、幽《かすか》になつて、唯顔ばかり谷間に白百合の咲いたやう」という表現がそれにあたる。この百合も谷間という生育場所などからして山百合で、遠目に白いことから来る比喩である。

同じく鏡花の『草迷宮』（明治四十一年）の「二十八」では、旅僧のせりふとして「もと花畑であつたのが荒れましたらうか。中に一本、見上げるやうな丈《たけ》のびた山百合の白いのが、うつむいて咲いて居ました」というのがある。見上げるような丈なのだから、これも明らかに夜目・遠目型であろう。この型は他に、漱石にも『思ひ出す事など』（明治四十四年）の修善寺での風景の描写などに見られるし、後で引用するとおり、三島にも同じ例がある。横光利一の例では、『睡蓮』（昭和十五年）に登場人物の「高次郎氏」が作った遺作の歌にその典型が認められる。

夕暗に白さ目につく山百合の匂ひ深きは朝咲きならむ

いかに複雑で派手な模様を持つ山百合といえども、このように夜目・遠目に「白百合」と表現されるのであれば、これは読んで十分納得がいく。その限りにおいて、山百合を白い百合と呼ぶのはもっともである。

だが、ここでもう一度、蘆花の文章に戻りたい。『自然と人生』の中で白いと言っているのはこういう例ばかりではないのである。例えば、「潔白の色を操と保ち」という箇所は夜目・遠目では説明できない。昼間に「手折」って近くで見た状況だからである。あれだけいろいろな斑紋を持つ花を、近くから見ても「潔白の色」と感じる感覚、これは、漱石の『それから』での描写に見られたものと同じタイプといってよかろう。

『それから』で、山百合の花は切り花として二回描かれる。最初の登場では代助に「さう傍《そば》で嗅《か》いぢや不可《いけ》ない」といわれるくらい三千代の視点は花の近くにあり、また次の登場でも今度は代助が「唇が弁《はなびら》に着く程近く寄つて」いるのにもかかわらず、文中、漱石は花に白以外の色を認めていない。しかし、ここの百合は明らかに山百合である。そのことはすでに述べたので、ここでは繰り返さない。ただ、その時に見落とした実例をここに付け足し、それで改めて証明しておこう。漱石は修善寺での大患の経験から、『行人』（大正三年）での一郎とHさんの旅行先の一つに修善寺を採用している。ここに百合が登場するとすれば、これは季節・自生の範囲などからして山百合の他には考えられない。

兄さんは時々立ち留まつて茂みの中に咲いてゐる百合を眺めました。一度などは白い花片《はなびら》をとくに指《ゆび》さして、「あれは僕の所有だ」と断りました。（『行人』「塵労」三十六）

漱石はたしかに山百合を白い百合と言っている。漱石は、近くから見た場合も（遠目ばかりか、「花片」を指さすほどの近くでも）、山百合を白い百合と見ていたのである。リアリズムからはとうてい理解しがたい、こうした「白い」という表現例を、今度は夜目・遠目型に対して接近型と呼ぶことにしよう。これがなぜ生じたのか。私が最も疑問に思い、最大の問題としたいのはこの点である。というのも、この型の表現は意外にも多くの作家に認められるからで、例えば鏡花の『雌蝶』（明治四十一年）では庭に植えた「白百合」の接近型の表現が出てくる。

眉に迫つて白百合一輪、すつと俯向《うつむ》けに、たら〳〵と露を受けて、昨日一昨日《きのふをとゝひ》まだ蕾《つぼみ》だつたのが、今咲かされたか開いて居た。

蝶は此処《ここ》から、舞ひはじめたらう。………

ト揺《ゆら》りと振向いたやうになつた。トタンに来て、蝶々は、白銀《しろがね》の鈴のやうな百合の花に翼を休めた。其の羽が言合はせたやうに、頷《うなづ》いたやうに、人の目を忍ぶやうに、縋《すが》るやうに、其の癖たよりなささうに、密《そつ》と寄ると、姿が片々《かたかた》になつた状《さま》に熟《じつ》と留《とま》つて……少時《しばらく》動かぬ。（十）

ここに描かれた白百合が山百合であることは、逗子での体験を描いた鏡花の小品に、山百合が繰り返し登場すること、しかもそれが文章によって山百合と呼ばれたり白百合と呼ばれたりする、彼の用法例から明らかである。別の証拠を挙げれば、同じ筋書きのもとに書かれた『婦系図』（明治四十一年）と、戯曲『湯島の境内』（大正三年）の同じ場面を比較すると端的に証明できる。

『婦系図』ではお妙と早瀬の会話が次のようになっている。

「あの、庭の白百合は最《も》う咲いたの、」

「…………」

「此の間行つた時、未《ま》だ蕾《つぼみ》が堅かつたから、早く咲くやうに、おまじなひに、私、フッ〳〵とふくらまして来たけれど、」

『湯島の境内』でこの部分に相当するところをみると、お蔦は、

「私、山百合を買つて来て、早く咲くのを見ようと思つて、蕾《つぼみ》を吹いて、ふくらまして居たんですよ」

と言う。鏡花の「白百合」が山百合であることは、もはや疑う余地がない。だから『雌蝶』の引用箇所も、山百合の花を舞台とした蜘蛛と蝶とのしぐさを描いているということになるが、その非常に接近した視点にもかかわらず、表現は「白銀の鈴のやうな」である。かくして接近型の白百合を書いた作家は蘆花、漱石、鏡花と揃った。それではこの現象は、明治、大正の文人の特殊な感覚なのだろうか。

実はそうではないのである。そのことは、昭和の作家の北杜夫の作品が証明してくれる。少々長いが、彼の『幽霊』（昭和二十九年）から引用しよう。

落着いてゆっくりとデッサンをとった。不満足だったのでそれを捨て、次の紙にはぶっつけに花弁から描きはじめた。ひとつの花弁は実物よりずっとねじくれてしまったが、そのほうがどうしてもぼくの心にかなった。気ままにかなり無雑作に、ぼくはやわらかいパステルをあやつった。白くぬられた花弁を爪でひとところぐっとこすると、にぶい光沢がうまれてきた。いつかの展覧会にだしたぼくの枇杷《びわ》の絵に、図画の教師はそうした技法をほどこしてくれたのだった。そのうちに、ときたま廊下をとおる跫音《あしおと》も、かすかに校庭から伝わってくる放課後の遊び声も、すべて気にかからなくなった。熟れきった花粉嚢《のう》を描いたころから、ぼくは次第に我をわすれた。花瓶や茎や葉はごくざっとなぞっただけだったが、それがすこし歪んで大きすぎる花自体を巧みにつよめてくれるようであった。ぼくは花にだけ熱中した。

　花弁の白さのなかに、たそがれの光線が、雄しべ雌しべのかげが、バックの濃緑の布が微妙な色あいを映していた。そういう捉えがたい陰翳をなんとしてもあらわしたかった。窓からながれる光が弱まるにつれ、そのさゆらぐかげは刻々に変化した。描いている僕のほうも変化するようだった。それゆえ、たかぶったやるせない努力はいつになっても終りがなかった。ときどき訪れる呪縛から解きはなされたひとときに、ぼくは自分の絵が、台のうえの百合とはまるきり異なった、妖しい歪められたものになってゆくのを見た。花弁の色はもう白いとはいえなかったし、百合の花と見えるかどうかも危ぶまれた。それでもぼくは、自分の描きだした奇態な像に執着した。たしかにそのほうが底の知れぬ魅力をたたえていた。実際本物の百合の花が、またどんなにつまらなく見えたことだろう。ぼくがあの鳳蝶《あげはちょう》なら、もちろんこの絵の花にとびつくにちがいなかった。そして何色ともつかぬ花の香にむせ、くろずむまでに真紅の花粉のなかをころげまわるにちがいなかった……。

　ここでも花の大きいこと、花粉の色の描写などからして、描かれているのは明らかに山百合である。にもかかわらず、写生をするほどの視点のもとですら花弁の色は白一色のように描写されている。蝶マニアであり医学を学んだ、自然科学に親しい現代作家もこう書いているとすると、時代や出身のせいではない。そうでないとすると、これは伝統的約束なのだろうか？　もう少し詳しく例を見よう。

すべての日本人作家が、白以外決して認めなかったかというと、そうではない。実は例外がある。三島由紀夫である。彼は、日本人離れした自然描写を行なう癖《へき》があったが、山百合でも御多分に漏れず、山百合の色彩・斑紋を非常に写実的に表現した、日本人作家としては実に特異な作家であった。その描写は正確そのものである上に、それを白くないものの比喩にまで用いている点などは、注目に値する。

まず昭和三十六年発表の『獣の戯れ』の第三章から。


　優子が一輪の百合でその道を指し示した。百合は油を塗つたやうにつややかな白い花蓋をひろげ、強い日ざしのなかに鬱然とした匂ひを放つてゐた。白い花弁の外れまで、しどけなく煉瓦いろの花粉に染つてゐた。内側深く淡黄に暗紅色のあざやかな斑らが見えた。

（中略）

　山々やその上の晴れた空や輝やく雲は、今この一輪の百合に統括されてゐた。それらの色のおのおのは、すべて百合の中に凝縮されてゐる色が、拡散してできたもののやうに思はれた。すなはち森の緑は百合の茎と葉の色、土の色は花粉の色、古い木の幹は暗紅の斑らの色、かがやく雲は白い花弁の色、といふ具合に。

写実の極みといって良かろう。これほど精緻な描写は日本文学ではほかに類を見ない稀有なもので、非常に新鮮に感じられる。さらに、昭和四十三年の『太陽と鉄』にはこういう比喩も見られる。

それは摂氏零度の夜明けであつた。国立競技場は一輪の巨大な百合であり、人つ子一人ゐない広大なオーディトリアムは、巨《おお》きな、ひらきすぎた、そして沢山の斑点のある、灰白色の百合の花弁だつた。

そして、

駈けながら、私は鼻を刺す冷気と共に、大競技場の黎明が放つあらゆるたぐひの残り香を嗅いだ。観覧席いつぱいの喧騒と歓呼の残り香、朝の冷気にもいやまさるアスレティックなサロメチールの残り香、動悸する赤い心臓の残り香、決意の残り香、それこそは、この大競技場が夜のあひだといふものずつと保つてゐた巨大な百合の香であり、そのアンツーカーの走路の煉瓦色は、まぎれもない百合の花粉の色であつた。

今まで引用してきた他の作家の例と較べてみれば、その花弁の斑紋描写の異例なことは明らかであろう。一方その三島でさえも、山百合を白いと書いたことがしばしばある。ただし、その場合は必ず夜目・遠目型であって、接近型ではない。例えば、昭和十六年に書かれた『花ざかりの森』にこういうくだりがある。

　光つた草のあひだにちらほらきよらかな白に、みえてゐるのは百合であるらしい。

そしてその「百合の叢のあひだに」、

　そのまばゆい白さとわづかにはなれて、おなじ白い光りが点になつて見えるのは、もしかその女人が一りんの百合を手にしてゐるのではあるまいか。

明らかに夜目・遠目型である。先の精緻な描写が見られた『獣の戯れ』でも、遠目に見る所ではただ白という色しか表現していない。優子が百合を滝壺に投げ込む場面では「投げられた百合は目前にかがやく白い輪を描いた」とある。これもリアルな表現である。投げ込んだ時の距離感、速度感のもとでは斑紋は印象に残らない。滝の周りの緑や岩の影といった暗い色彩の中では一際《ひときわ》白く見えるであろう。

三島由紀夫は、山百合の花が夜目・遠目には白くみえること、接近してみるとただ白いだけでなく、斑紋や様々な色彩にあふれた花であることを熟知し、それを充分意識的に使い分けた例外的な作家だったということができる。そこで問題は、これがここであげる三番目だが、なぜそういうことを三島以外の作家がしなかったかである。

ここで急いで付け加えておこう。多くの作家が花粉の色だけははっきり描いたという事実がある。三島は今見たようにはっきり「煉瓦いろの花粉」と書いている。北杜夫も先の引用箇所で「くろずむまでに真紅の花粉」と描いているし、横光利一も「その濡れたやうに生き生きとした花粉の精悍な色」と描いていた。これは、花弁の色をあくまで白いと見たことを考え合わせると面白い点である。これが何故かという疑問も四番目のものとして掲げておこう。なお、鉄砲百合の花粉の色は黄色であるから、これは登場する百合の正体が山百合であることの根拠としても使える。

ともかく、伝統的自然描写からはずれた三島のような例外をのぞけば、近代文学においては山百合はあくまで白いものであった。それは以上の例で明らかである。しかし「何故か」ということを考えるにはまだ材料不足である。近代以前の山百合はどうだったのか。白い百合とは何か。もう少し白百合を調べる必要があろう。

＊

これまで山百合を扱った文章というカテゴリーからいろいろな文学作品を見てきた。一方、単に白百合という場合、この言葉は、山百合とは無関係の抽象概念として使われることのほうが多い。そういう型の白百合を比喩・象徴型と呼ぶことにしよう。

この比喩・象徴型の「白百合」は、しばしば基盤に実体を必要としない純粋な比喩として用いられる。そうすると、白百合はもはや白という色以外の属性を持たなくなり、時には花であるどころか、純潔や聖なるものの象徴でしかなくなってしまう。この比喩・象徴型の白百合の正体は何だろうか。

百合のように白い、という喩えを使う際、人は何を思い浮かべるだろう。純白の、汚れのない白さを思い浮かべるはずである。とすると、繰り返し述べているように、百合のように白い、という比喩は、斑紋の非常に目立つ、花粉で汚れやすい山百合から直接生れるとは考えられない。したがってこの喩えは、山百合とは別の百合から派生したものと考えざるをえない。その百合としては、今では、まず鉄砲百合を考えるらしい。私の知る限り、『それから』をイメージした近年の作品の全て（絵画、映画、展示会など）が、あの百合を、鉄砲百合と解釈している。鉄砲百合は確かに純白であり、香りもきつくなく花粉も控え目な黄色で、どこをとっても、汚れのない清楚のイメージにあう植物である。切り花で用いられるのも、そういうシチュエーションの下でのことが多い。では、百合のように白い、というこの言葉は日本で鉄砲百合から派生したものなのか。

　そうではない。もし百合のように白い、という比喩が、鉄砲百合を確固とした基盤とする比喩であるならば、白いとはいいがたい山百合のことまで、白い百合という概念の中に包み込むことはありえないはずだからである。また、鉄砲百合は南西諸島・沖縄が原産であるから、京都が都だったような時代には、日本文化の中心地にいる人々にとっては全く未知のものであったと考えられる。では古来、本州のそのときどきの都を中心とした地域に住んだ日本人にとって、百合とは何色のものだったか。

　純白の百合は、突然変異体を除けば、日本の本州に自生する野生種にはなかった。中央政権と文化の中心が京都・近畿地方にあったころ、身近に多く生えていて、よく歌に詠まれた「さゆり」というのは、少なくともその一部は恐らく笹百合のことで、花は淡紅色である。その後、武家政治になって関東に中心が移ってからは、百合とはカラフルな色の山百合のことだったに違いない。したがって、鉄砲百合が沖縄のほうから入ってきて普及し始めた江戸時代まで、日本の百合のイメージが白であったことはなかったのである。

　こう考えると、百合で白いものを喩える習慣は、日本文化の中ではとても自然に育つはずのないことが分かる。とすれば、白い百合という概念は輸入文化なのではないかということになるが、いったいそれでは、日本の散文学において、百合を白いものの喩えに使ったのはいつからだったのか。

　百合は古く、古事記や万葉集に登場することが、歳時記等の記述から一般に広く知られている。そのため、日本では百合を古くから文学の題材として扱ってきたかのように思いがちである。しかし、当時の日本人にとって百合は白いものではなかったから、古事記にも万葉集にも白い百合、あるいは百合のように白いという表現はない。それどころか、古事記、万葉集で登場した百合という言葉は、その後ぷつりと姿を消してしまうのである。

　例えばあの膨大な語彙を駆使した長大な『源氏物語』に百合を求めてみよう。全巻を「百合」という言葉の探索のためだけに読み通すのは至難の業であるから、『源氏物語辞典』（池田亀鑑編、東京堂、昭和三十五年）で百合、白百合、さらに山百合という単語を引いてみた。結論を言えば、いずれも全く見つけることはできなかったのである。また「白」という語は、『源氏物語辞典』によると七十八例もあるにもかかわらず、百合はそれに伴う言葉としては全く使われていない。これからみても当時、百合と白い色とは結び付いていなかったのに違いない。

　山百合は『源氏』に登場しないばかりか、平安時代のものとしては『竹取物語』、『伊勢物語』、『落窪物語』、『枕草子』、『堤中納言物語』を、鎌倉時代のものとして『宇治拾遺物語』、『海道記』、『東関紀行』、『十六夜日記』、『徒然草』を、室町時代のものとして『あしびき』、白い鷺と黒い鳥の対立する『鴉鷺物語』、『伊吹童子』、『岩屋の草子』、『転寝草紙』、

『かざしの姫君』、『雁の草子』、『高野物語』を、さらに時代を下って、『雨月物語』、『春雨物語』、『胆大小心録』、『浮世床』、『東海道中膝栗毛』、『跖婦人伝』、『遊子方言』、『甲駅夜話』、『古契三娼』、『傾城買四十八手』、『繁千話』、『傾城買二筋道』、『酩酊気質』、『春告鳥』、『金々先生栄花夢』、『親敵討腹鞁』、『夫ハ楠木是ハ嘘木無益委記』、『虚言八百万八伝』、『夫ハ小倉山是ハ鎌倉山是清百人一首』、『江戸生艶気樺焼』、『御手料理御知而已大悲千禄本』、『将門秀郷時代世話二挺鼓』、『鸚鵡返文武二道』、『遊妓寔卯角文字』などを私はこれまでに調べた。

しかし、いずれにも登場しない。そもそも百合という言葉さえ皆無であった。中でも『堤中納言物語』には、里住の女たちがそれぞれに仕える人々を数々の前栽《せんざい》の植物で喩える短篇、『はなだの女御』が含まれているにもかかわらず、これも『源氏』と同様、百合は全く出てこない。こうしてみると、女性を百合で喩えるという習慣がなかったばかりか、百合は鑑賞対象ですらなかったものと考えて間違いないであろう。あの陳腐な喩え「立てば芍薬、座れば牡丹、歩く姿は百合の花」も、俗謡由来であるらしく、辞書を見ると一番古い用例としては、江戸後期の『警喩尽』（一七八六年）くらいまでしかさかのぼれないとある。これも、それほど古い根を持つ言葉ではないのである。

古典を全て調べ尽くしたわけではないから（古典作品の完全データベース化とその一般公開が望まれる）、断言は避けるが、これだけの資料を見ても、一言も百合に対して言及がないということは、日本の散文学で百合に描写対象としての価値を認めたのは、近代以後であるということを示している。百合が白いもの、特に女性の喩えとなったのも近代以後。恐らく百合は、日本の文学界では、明治に入ってようやく「発見」された題材なのであろう。ずいぶんと遠回りをしたが、先に述べたように「白百合」は輸入概念であると断定して間違いなさそうである。白百合という概念を輸入するにあたり、山百合に脚光が当てられた、とすれば両者はここで結びつくことになるわけである。

*

現在の実生活で象徴としての白い百合を目にする最も一般的な機会は、結婚式である。何故、結婚式に花嫁は白い百合の花を身に着けるのか。これは勿論、日本の伝統的様式ではない。

視点を海外に向けてみよう。白い百合と言えば、やはりキリスト教文化である。キリスト教文明下では、はるか以前から百合は白いものと相場が決まっていた。ひいては聖母マリアなど、聖なるもの、純潔の象徴である。

そういう意味からオランダ絵画、特に宗教的な絵画では白い百合が好んで描かれた。それらを見ると鉄砲百合では勿論なく、日本にない種類、本当に純白のマドンナリリー（ニワシロユリともいう）*Lilium candidum* である（種小名の *candidum* は、白の意）。この種類は近東に産し本来欧州には自生しないが、早くも十四世紀には十字軍が遠征ついでにこの花をフランスに持ち帰っていた。そもそもユリ属を意味する*Lilium*という語も（したがって英名のlilyも）、マドンナリリーの純白の花色に基づくもので、白、という意味の語が二つつながってできている。このように西欧では、マドンナリリーを中心として百合は白いもの、という概念が徹底し、その結果白いものを百合でたとえる習慣が確立した。

そうした伝統が西欧に成立していたことと、日本で百合のように白いという喩えが見られだす時期が明治以降であること、それまで百合という植物は、日本の散文学では顧みられることのなかった植物であったことを考えあわせると、日本に輸入された白百合の概念は、キリスト教文明におけるマドンナリリーについてのそれなのではないか、という推論に達する。ちなみに「白百合女子大学」というのもそうしたイメージの一例ではないか。

この推論を、文学作品に戻って確かめていこう。そのために、まずは舶来の「白百合」の概念であることがほぼはっきりしている実際の例、純白の喩えの方からみてみよう。これは例が多く、今では手垢がついた感もあるので、初期の少数のみをあげる。

鏡花で例を取ると、『紫障子』（大正八年）の冒頭で用いられているのが典型的である。ここでは「案内者の、大阪南地の蘆絵《あしえ》と言ふ芸妓《げいしや》」の喩えとして、「眉毛をほんのり横顔で、真白な百合の花を咲かせたやうに」あるいは「風が誘つたやうに女の腕の其の白百合が、微《かすか》に揺れると」とある。肌の色つやを示す、よく見られる比喩である。

漱石の『薤露行』（明治三十八年）。

「行《ゆ》く」と云ひ放つて、つか〱と戸口にかゝる幕を半《なか》ば掲げたが、やがてするりと踵《くびす》を回《めぐ》らして、女の前に、白き手を執《と》りて、発熱かと怪しまるゝ程のあつき唇を、冷やかなる柔らかき甲の上につけた。暁の露しげき百合の花弁《はなびら》をひたふるに吸へる心地である。

「女」とあるのは、アーサー王妃のギニヴィアのことである。ここは、白さだけでなく朝の花弁の冷たい質感をも活用した比喩。題材をアーサー王物語に取っただけにバタ臭い。明らかに直輸入の、白い百合。

『紫障子』や『薤露行』のようなタイプは、今も日常的に使う、どちらかというと陳腐な喩えである。こういう比喩がもう少し間接的になると、キリスト教的な純潔の象徴としての流れを汲む比喩になる。徳冨蘆花の先に引用した「潔白の色を操と保ち」などという文句もそのたぐいと見て良い。こうした聖なるものや純潔の象徴としての例を、以下にあげる。

まずは漱石の先の『薤露行』から、先とは別の、終り近くの部分、ランスロットへの思いの叶わぬことを知ったエレーンが、死してなお貞潔を捧げんとする場面のせりふ。

女又云ふ。「息絶えて、身の暖かなるうち、右の手に此文《このふみ》を握らせ給へ。手も足も冷え尽したる後、ありとある美しき衣《きぬ》にわれを着飾り給へ。隙間なく黒き布《ぬの》しき詰めたる小船の中にわれを載せ給へ。山に野に白き薔薇《ばら》、白き百合を採り尽して舟に投げ入れ給へ。——舟は流し給へ」

エレーンの望んだとおりに流された舟がカメロットに着くと、それを認めたギニヴィアが、「つと石階を下りて、乱るる百合の花の中より、エレーンの右の手に握る文を取り上げ」る。典型的な純潔の乙女の象徴例である。この例について、アーサー王物語を題材としたテニソンの『ランスロットとエレーン』に白百合が純潔の象徴として用いられていることは、江藤淳が『漱石とアーサー王伝説』（昭和五十年）ですでに指摘しているとおりである。白百合が輸入概念であることが、原形のままはっきりわかる実例である。

鏡花では、『沈鐘』（明治四十年）。これも、ハウプトマン“Die Versunkene Glocke”の訳だから、純粋に西洋の百合である。鋳鐘師のせりふに「百合の花を前兆に、天降《あまくだ》ります天の使が、蜜のやうな微妙な御声で」とある。まさに聖なる象徴。

以上が輸入直後の原形であることは、時代が下ると人間が擦れてきて、純潔がむしろ揶揄の対象となることでも分かる。そういう例として、横光には『花花』（昭和八年）での輝子と夏子の会話がある。これは一人が「あたし、結婚式は洋装にしやうかと思ふのよ。

あたし一生に一度でいいから、白百合のやうな恰好をしてみたいの」といえば、「あなたが白百合みたいだつて、聞いてあきれるわ」というくだり。また夢野久作の『少女地獄』（昭和十一年）、「何んでも無い」の話題の中心人物は、「姫草ユリ子」と名乗り、「あの名前の通りに可憐な、清浄無垢な姿をした」と表現される。ところがこのユリ子、事実は全く奇妙な心理の持ち主で、これも「彼女ほどの虚構《うそ》吐《つ》きの名人が、K大以来一度も変名を用ひなかつた心理も、此処《ここ》まで考へて来ると想像が付いて来る。それは姫草ユリ子なる名称が、彼女の清らかな、可憐な姿の感じに打つて付けである事を、彼女が自覚してゐたばかりで無い。さうした彼女の気持の清浄無垢さを誇りたい彼女の心の奥の何ものかゞ、かうした名前に云ひ知れぬ熱著を感じてゐたせゐでは、あるまいか」とのこと。

一方これは修道院入りのくだりだから文字通りの白百合だが、三島も『夏子の冒険』（昭和二十六年）第一章で「彼女は白い百合の花束を胸いつぱいに捧げられ、それには白いリボンで茎に結へたカードがついてゐて、／『汚れなき百合の花によそへて／天使の園の歌姫になられる夏子様へ』／と書いてあつた」と書いた。これは鉄砲百合だろう。

さて白百合登場の初期にあたる例と思われる最初の二つを見て気がつくのは、どちらも直輸入の話であることである。キリスト教で百合が白いもの、純潔を喩え、象徴することを日本に紹介したのは、ひょっとすると漱石や鏡花の時代の、こういう翻訳・翻案だったのではないだろうか。つまり白百合概念は、ここに始まり、彼らによって意識的に普及させられたものなのではないか。そういう仮説から、今まで提示してきた疑問点について解釈をしてみよう。

＊

古事記、万葉集には確かに百合が登場しているものの、その後は、日本文化では、少なくとも散文学レベルでは、百合を対象としない空白の時代が非常に長かったことはすでに述べた。したがってこの間、百合に関しては、桜や梅、松のような日本独自の約束事が発達しなかったと思われる。恐らく山百合の花は、日本文化の中では万葉以降は食用の植物として、また人里離れた地の植物として無視され続けてきた日陰者だったのだろう。美術工芸品でも、百合の紋様はきわめて少ない。もしかすると、東京国立博物館の今永清二郎氏が工芸品の百合紋について述べているように、キリシタン禁制の世は、百合はキリスト教の象徴としてタブーとなったということもあったかも知れない。ともかく、芸術分野に持ち込むには値しない、持ち込むにしてもその作法も確立していないものとして、顧みられることがなかったのである。

そういういわば無垢な土壌へ、キリスト教文明の公認と、その普及にのって、西洋で確立した「百合のように白い」という比喩が導入されれば、これが日本に定着するのはたやすいことである。身近にあって、しかも久しく忘れていた山百合をその気になって見れば、にわかにハイカラな概念が当て嵌められて、かわりに細かい斑紋や黄色い帯は都合よく無視され、夜目・遠目型に加え接近型の「白百合」が生じる。これは一種の舶来思想である。

山百合が白百合とされたいきさつは、したがって、百合のように白い、あるいは純潔である、無垢である、という比喩を日本に輸入するための方便だった、というのが私の仮説である。なお厳密には、ここで山百合ばかりではなく、鉄砲百合の関与も考える必要があろう。鉄砲百合は本来南西諸島に生えるので身近に自生していないものの、江戸時代には本州に持ち込まれ、栽培されていた。鉄砲百合については抵抗なく白い百合という捉え方ができたであろうから、この鉄砲百合の存在が、日本への「百合＝白い」発想の輸入を側面から支え、容易にしたということも十分ありえることである。いずれにせよ、山百合が伝統を持たないハンデをはねかえし日の目を見るには、実体とやや離れた姿をかぶせられる必要があったのである。

そう考えると、熱心なキリスト教徒だった徳冨蘆花が、もっとも典型的な接近型の「白百合」を書き残していることも説明がつく。蘆花は自然をありのままに観察した、数少ない日本人作家であるという評価があるようだが、この例に限っていえば、その評価はあたっていないと思う。彼は山百合を前にしてマドンナリリーを、さらに聖母マリアをそこに見、山百合を書くと見せて実は自身の信仰を語っていたのである。そう思って見ると、山百合があくまで白くなくてはならないわけも、香りが重くも甘たるくもなく、「清香」でなくてはならないわけも、はっきりと分かる。先の「山百合」という文章がこう終っているのは象徴的である。

案頭一瓶の百合、余は之に対する毎に心は清絶幽絶の境を繞《めぐ》る。塵《ちん》思《し》埃《あい》念《ねん》起る毎に余は此花に対して顔赤うするなり。あゝ百合よ、二千年の昔ユダヤの野に咲き出でゝ人の子の眼に触れ、限りなき真理を伝ふる便りとなりし百合よ、来《きた》る可き新しき国の園生《そのふ》に咲く百合よ、願《ねが》はくは爾《なんぢ》がもてる清香《せいかう》の半《なかば》を頒《わか》ちて吾に与へよ。

しかし、山百合を純白や純潔の喩えとして用いることは、斑紋が沢山入っていること、香りがきつすぎることから不適切である。その点、徳冨蘆花のこの用例は、山百合を主題にし、写実を基調としている文章として読むかぎり、押し付けがましく誤用である。この文章はやはり、一キリスト教徒の信仰が主題の文章として読まなくてはならないものなのであろう。

そういう主題が基調に流れる白百合はほかにも見ることができる。自らキリスト者であった福永武彦の、キリスト教に全ての救いを求め、すがっている娘を描写した次の用例をみよう。

娘は振り返った。蒼ざめたその顔は百合のように白かった。それは風に吹かれる花のように揺れた。

（『深淵』昭和二十九年）

これも、単なる白さの比喩ではなく、宗教的意味合いの濃い白さなのである。

同じく教会に通っていた萩原朔太郎の作品、『悲恋の歌人式子内親王』（昭和十年、『廊下と室房』所収）にも、キリスト教ではなく神道への次のような応用例がある。

神に仕へる聖女として、生涯童貞不犯の境遇を強ひられた。彼女の一生は白百合のやうに純潔であり、（後略）

さて百合の白が明治・大正当時最先端を行く、キリスト教に基づく舶来概念であったとすると、白百合の概念導入の過程で、鉄砲百合とも山百合ともつかない白い百合があらわれてもおかしくはない。実例がある。明治三十五年の永井荷風の作品、『地獄の花』を見よう。ここには、漱石の『それから』（明治四十二年）に似た舞台も認められる。

小石川の本邸の庭よりは一段広く、そして木立《こだち》の深い間を園子は富子と並んで歩いた。身体の右側には池の水を全く蔽ひ尽した菖蒲の花が咲乱れ、左の方には樹の太い幹の間

から塀際に近い空地を耕した花畑に白百合《しろゆり》の花が目も覚《さむ》るばかり咲揃うて居るのが透《すか》し見られる。（第六）

ここの花畑の、「白百合」の象徴的な意味を登場人物に語らせつつ、荷風は一場のシーンを作りあげる。

『百合の花は、園子さん。小説なんかでは何時でも極つて恋の媒介《なかだち》に使はれるもんぢや有りませんか。』と微笑《ほゝえ》んで、富子は白百合の花の間に佇んだ。
『花の中でも、白百合ほど姿のいゝ美しい花はありませんね、私は何よりも一番白百合が好きなんですよ。』（第六）

　養母《はゝ》の家《うち》の庭よりも広い花畑《はたけ》の半分以上は一面、如何なる物にも例へ方ない美しい白百合の花に埋《うづ》められて居るのである。眼は覚えずぱつと覚めるやう、そして芬々《ふんぷん》たる強い香気《かをり》は殆ど人を酔はしめる。富子は先刻《さつき》から夏の晴《はれ》〴〵しい光線を浴びて居た為めか、何となく心が愉快になつて、もう何か笑興《わらひきやう》ずるやうな話の糸口を引出さずには居られなくなつたのであらう。（第六）

ここには、俗謡の「歩く姿は百合の花」に相通ずる表現が認められる。こうして二人の女性が語らっていると、「其時突然、颯と動いた風に従つて強い花の香気《かをり》は両人の面《おもて》に蔽ひかゝつたが、其と同時に、花の蔭から一人の男の姿が現はれたのである」。

ここに描かれている百合の正体は何であろうか。

日本のものとすれば、強い香を持つこと、一人の男、笹村というプレイボーイが蔭になるほど背の高いこと、からするとこれまた間違いなく山百合なのだが、時期が早い。花菖蒲の咲く六月。しかも、一面の花畑にするとなると、現在の感覚からすればこれは鉄砲百合である。しかしこれは一方で、背の高い品種でも一メートル足らずしかない鉄砲百合ではないことも確かである。また鉄砲百合では、この後に続く場面にあるように一輪髪に挿した程度では、強い香をもたらしえない。これまた実は、鉄砲百合でも山百合でもなく、笹村に作者荷風が語らせているように、ヨーロッパ・キリスト文明下での白百合の輸入概念そのものに過ぎない。なぜなら、この百合は次の部分を引き出すために必要な百合だからである。

　軈《やが》て話の転じた時、彼は堀切の有様を説いてから、身の周囲《まはり》を埋めた白百合の美しさを賞賛しはじめた。キーツは此の花を譬へて何と唱うたか、シエレーはどう云つた、ヲーズヲースはどう云つたか。と種々《いろいろ》な文学上の例証を揚げた末、嘗て自分も実にこの花程美しいものは無いと思つて、唱うた詩があると云つて、朗々と其の自作の詩の一節を

微吟した。　　　　　　（第七）

荷風の白百合は、象徴としての白百合、実体としてはマドンナリリーである。荷風はこれを明治の日本に実体化するため、身近にある鉄砲百合と山百合のイメージを混和させてこの場を作ったものと見える。作家によってその工夫程度は異なってはいたが、これこそ、明治文壇が多かれ少なかれとってきた白百合の概念に対する表現態度であった。

その白百合という概念の輸入のための足がかりとして、山百合と鉄砲百合は都合のよい点だけを抽出された形で利用されたにすぎない。山百合はその身近さ、香り（誘惑）の強さ、雄大さが買われ、余計な色彩は捨て去られた。鉄砲百合はその純白さのみが買われた。

しかし、これにはあまりに無理があった。どう見ても、山百合は白いとはいいがたい。一時的にもてはやされた山百合が、鉄砲百合やその他の白い園芸種の百合の普及とともに、文学から急速に姿を消すのも、当然の帰結だった。現在、山百合を白い花とみる習慣は、失われている。僅か、マドンナリリーを意識した文脈に見ることができるのみである。澁澤龍彦の『フローラ逍遥』（昭和六十二年）にある次のくだりは、欧州の白百合とはマドンナリリーである旨のことを書いた後で記したもの。

私の想い出のなかのユリといえば、やはり少年時の夏休みの記憶と重なるようだ。毎年、夏休みには房総の海岸へ出かけたものだが、海岸から少し離れた松林（保安林という札が立っていた）のなかへ踏みこむと、草むらのあいだにヤマユリやオニユリがひっそりと咲いているのにぶつかった。夏草のたけだけしく生いしげった岬の丘にも、白いユリが海風に吹かれて揺れていた。

これは十年ばかり前だが、自動車で東北地方を旅行したとき、自動車道路に沿った山の斜面いちめんに、びっしりと白いユリの花が咲きみだれているのに一驚したことがある。あんなにたくさんのユリが群生しているのを見たのは初めてだった。あれはたしか岩手県の龍泉洞の近くではなかったろうか。

真夏のじりじり灼けつくような暑さと、降るような蟬の声と、鬱陶しいばかりな植物の緑のあいだにあって、ユリの花はいつも涼しげにすらりと立っている。姉《あね》さんかぶりの白い顔をうつむけて。けだし日本のマドンナの心意気であろう。

後半の、道路沿いのユリがはたしてヤマユリだったか、あるいは昭和に入り、台湾から帰化したタカサゴユリ（テッポウユリの近縁種）か、判然とはしないが、前半のくだりは、正にマドンナリリーあってこその、白き山百合であることを示していると思う。

以上のように考えると、はじめのところで順にあげた疑問点、日本の近現代文学に表われた白百合の描写に関する疑問点は殆ど解けたことになる。残る問題は、以下の例外点だけである。

例外の一つ、横光利一や北杜夫が花粉（葯《やく》）の色をはっきり明記した事実は、以下のように説明できる。つまり、聖なる白百合の概念としては、花弁はあくまで白くなくてはならないが、花粉の色についてはもともと規定・約束事がない。そのため花弁はともかく、花粉だけは縛られることなくありのままに書けたのである。

なお、山百合の花粉は、手や服などにつくと簡単には洗い落とすことのできない黄色いしみをつくるので、厄介なことから印象深いのも事実である。西脇順三郎の詩で、「林檎と蛇」（昭和二十一年、『あむばるわりあ』所収）に「山百合の咲く崖の下」（中略）「床の上工夫の髪と百合の花粉／混じて哀れなるものがある」という一節があるのは、そのことであろう。最近はこのトラブルを避けるため、切り花では葯を外すことが普通となったが、私としては画竜点睛を欠いた百合との感がぬぐえない。濃色の花粉は百合の姿のアクセントである。それだけに花粉は、花弁の色以上に特記の必要を感じ、花弁のように色を偽ることができなかったのであろう。――以上が花粉の問題の解釈である。

今度はもう一つの、最大の例外、三島があれほど精緻に山百合の花の色彩を描写した理由を考えてみよう。

開国から時代がたって、白百合という概念を導入するために、身近なものを使って見せるような無理をしなくてもよくなると、文学上の山百合の人気は急激に低下していったに違いない。もともと、百合＝白い花というイメージは鉄砲百合の助けを借りて定着したものので、山百合は仮の宿に過ぎなかったと思われる。したがって、栽培技術や切り花の輸送技術の発達によって鉄砲百合が山百合よりも身近になると、山百合の地位低下は急速に進んだことであろう。山百合の「宴」の時代はすでに過去のものとなり、山百合を檜舞台に押し上げた「白百合」の概念は、実体を必要としない純粋な概念として定着していった。その間には成り立ちの経緯など急速に忘れ去られたであろう。

その一方で、自然環境がある程度保たれていないと、自生でも育たず、庭植えにしてもあまりもたない山百合は、輸出用の乱獲や、開発による自生地の荒廃と共に人々の視野から遠のいていった。純潔を象徴する白百合という概念も、世の中がうぶでなくなるにつれて、時代遅れのものとなり、これまた使用頻度が低下していった。

もはや山百合の出番はないのだろうか？

そこへ、三島由紀夫が登場したのである。彼が、先に引用したような精緻な山百合の描写を行ないえたのは、もはや白百合という概念の束縛が存在しない時代の利点であった。ここに初めて、日本の作家は山百合をあるがままに見ることができたのである。それが『獣の戯れ』であった。確かに昭和三十六年ともなれば、戦後。いまさら、開国・西欧文明による文明開化でもあるまい。無理に山百合の姿にマドンナリリーを重ねる必要はすでになかった。逆にいえば、もはや、山百合の価値は失われてしまっていた。価値があるとすれば、山百合の素顔としての良さがあるばかりである。素顔の山百合とはどんな姿だったか？　絢爛豪華な色彩美に溢れた花こそがその美点であった！　かくしてあのような精緻な描写が生れたのである。

一方、この描写を成り立たせた要因としては、すでに当時の読者が、いやそれ以前に三島自身が山百合について不案内であったため、読者に山百合を正しくイメージさせるためには正確に描写しなくてはならないと三島が考えた、そういう可能性も考えられる。逆にいえば、それ以前の作家は読者との間に、山百合を単に白い百合と書いたところで純白のものと誤解するおそれはなく、すべてお互いに了解済、という一種の信頼関係があったのかもしれない。読者の側に確固とした山百合像がある以上、その場かぎりで山百合を白い百合とすることは軽い気持でできた。桜について確たるイメージが確立している現在、「桜の白い花びら」と書いても読者は、その花びらは純白ではなく、淡い桜色を呈していることを知っている。これが、もはや戦後の日本人には期待できなかった、ということも三島の作品は示しているのではないだろうか。

時代といえば、こういう背景も考えられる。昔は、植物は遠くからマスとして見るもので、一つだけを切り離して取り出し、間近に見るという姿勢は稀だったということは考えられる。その場合、山百合はむしろ夜目・遠目型の白さが印象に残っていて、当然である。むしろ、三島のような細分化した詳細な観察は、モノを細分化して個々を捉えてゆくという近代科学の姿勢に近いものが感じられる。あの細かい描写は、都市化と近代科学化の申し子と考えれば、これも山百合に関する第二の舶来思想というべきかも知れない。当時の日本はそういう地平に達していたであろう。

それでは、時代的には三島の作品と同じ北杜夫の、『幽霊』における山百合の描写、接近型の白百合の存在は、何を意味するのだろうか。それは当時にあってなお、三島と違ってまだ読者と山百合のイメージを共有できると信じた作家、北杜夫がいた、ということの証ということになろうか。

要するに、三島と北杜夫の違いは次のようなことになろう。三島は新しいものを積極的にとり入れていった結果、当時すでに舶来思想啓蒙の呪縛を逃れた、あるいはそれを失った地点に読者がいることを意識していたが、斎藤茂吉の下に育ち、古典的教養を重視してその流れに踏み止まって来た北杜夫は、この時点ではまだ、山百合は白いものである、という幻影的な開国以来の約束を読者と共有することを選んだ、その結果二人の間には同時代であったにもかかわらず描写に差が生じた、と。どちらの立場が正しいということはあるまい。読者次第であろう。

しかし逆に考えると、白いとのみ書いていても全てが伝わっていると信頼した蘆花、漱石、鏡花などの当時の読者にしても、本当に信頼できたものかどうか。その当時の読者にしても、繰り返し目に触れる陳腐化した比喩、「百合のように白い」という呪縛にとらわれて、実物の本当の姿が脳裏に浮かばなかった可能性はないとはいえまい。もっとも、作家もそのつもりでいたのならば、実物を離れたその世界の中で系は閉じているわけだから、それはそれで確かな信頼関係ということもできるかも知れないが。ともかく、当時の読者が実際にどう読んだか、こればかりは今は昔であり、詮索しても詮あるまい。私たちは現在のことを考えよう。

　現在の読者の山百合に対する感覚は、三島の感覚に近いと思われる。おそらく、現在、文学部かどこかで、山百合の花の写真を示しておいて、ここで引用した文章を全て見せ、この写真の花を描いた文章を選べ、という試験をしたならば、大多数は、三島の文章をのみ、しかも夜目・遠目型を除いたそれのみを選ぶことだろう。逆に、蘆花、荷風や鏡花、北杜夫の文章を示し、ここで描かれている百合の花を花屋から買って来るように求めれば、きっとおおかたは鉄砲百合か、最近登場し定番商品となった純白のカサブランカ（園芸種、山百合の血が入っている）などを買って来ることだろう。

　三島が山百合を仔細に描写しなくてはならなかった背景には、山百合が稀少な存在になっていた面もある以上、文庫本などでも注釈を付けるべき時期に来ているのではないか。特に『それから』で、雑な柄ものの山百合、強烈な香りの山百合だからこそあの場面に採用されたことが、現在一般に理解されないのは非常に残念である。その点、同じく鉄砲百合に読めてしまう横光の『花園の思想』の、先に引用した部分、特に「百合の匂ひは他の花の匂ひを殺して了ふ」という部分も、読む人が、山百合の香は和を尊ぶ小市民的な香ではないことを実感していなくてはならない文章である。ここも、真っ先に注釈を付けてほしい。

さあ、現在のことはこれまでとして、今後のことを考えよう。これは悲観的にならざるをえない。こうして山百合の実物を知らない読者が大多数となってしまった以上、今後、小説に山百合が登場することは殆ど期待できないからである。登場したとしても、ここで引用した以上に効果的な使用はもう見られないであろう。その名前を見ただけで、色も香も読者の脳裏に浮かぶはずだという前提なくしては、効果的に用いることは不可能だからである。今日では、山百合を文学に登場させても、もはや殆どの読者はそのすばらしい香りも色彩も、思い浮かべることはできないであろう。

白百合の一語、山百合の一語でこれが通じる世界はもはや残り少なくなった。恐らく山百合は、今後再び文学の表舞台に登場することはあるまい。思うに、ここでたどってきた山百合の歴史は、日本の文学における一植物の受容の歴史の一例、典型的とはいわないまでも象徴的な一例であった。その間にはいろいろなことがあった。が、日本文学史上、山百合が純粋な本来の姿を見せたのは、わずか、三島由紀夫の二、三の作品においてに過ぎなかった。この例に見るように、日本文学は実は、自然の植物に対して、かくも冷淡であり、かくも狭量だったのである。日本の近代文学における山百合の栄枯盛衰はあまりに短かった。白百合の地位を受け継いだ鉄砲百合のそれが、カサブランカや、その改良種などに取って代わられていくのも時間の問題であろう。

小説の世界にも、絶滅危惧種のリスト、レッドデータ・ブックが必要かも知れない。

文庫版追記　本小文発表の二三年後、二〇一六年に、ついに「日本古典文学大系（岩波書店）本文データベース」が公開された。その後も続々とデータベースが拡充している。
日本古典文学の研究に大いに役立つものである。

『金色夜叉』の山百合

『金色夜叉』（明治三十六年）は、知名度のわりに実際には殆ど読まれていない小説の代表的な一つであろう。財産に目が眩《くら》んで許婚の自分を捨てる宮に対して、貫一が悲痛に叫ぶ「来年の今月今夜になつたならば、僕の涙で必ず月は曇らして見せる」（前篇第七章、明治三十一年）というフレーズこそよく知られている。が、この『金色夜叉』、前篇、中篇、後篇と続いたがなお終らず、さらに『続金色夜叉』、『続続金色夜叉』、『新続金色夜叉』と進みながらついに未完に終ったことなどは、殆ど知られていないのではないだろうか。

その理由として、あまりに通俗的な要素が強いこと（せりふなどをとってもかなり芝居がかっているし、！や？マークの数に至っては文字どおり驚くべきものがある）、登場人物の性格に無理が認められること、あまりにかのフレーズが有名になりすぎて、それだけ聞けば全部読んだような気になれること、等々があげられるだろう。

興味深いのは、この作品中の百合の場面には鏡花や漱石を思わせる点があることで、読んでいると鏡花—紅葉—漱石という三人の作家が、百合を介して連関しているような感さえ覚える。その一つは幻想と現実とを交差させる手法で、これは紅葉の弟子の鏡花が得意とした手法。もう一つは、百合の香に堪えられない主人公を描くことでその精神状態を表わすという手法で、ここは後年発表の漱石の『それから』の百合の場面を思わせる。ただ、どちらの点でも他の二人に比べ、紅葉が見劣りするのは否めない。

それはともかく、山百合の話である。白百合と呼ばれる山百合は「金色夜叉」にも顔を出す。その部分、『続金色夜叉』第八章（単行本初版は明治三十六年）を見よう。ここはこの作品の俗な面もはっきり現われた、特徴的場面である。

それまでのいきさつをまず記すと、宮に裏切られ、高利貸しを営む貫一の家に突然宮と満枝が現われる。満枝が「貴方のお大事の恋人と云ふのは是《これ》で御座いませう」と言えば、宮は「私は悔《くや》しう御座んす。此人《このひと》は貴方の奥さんですか」と貫一を責める。そして満枝は「何為《なぜ》這麼《こんな》淫乱の人非人を阿容《おめおめ》活《い》けてお置き遊ばすのですか」と貫一をなじり、短刀を示し「此女《このおんな》を見事に成敗遊ばしまし」と迫る。しかし貫一は宮を刺すことなどできない。そこで満枝は「私代つて殺して上げませう」と宮を組み伏せるが、逆に宮に刺し殺される。続いて宮は、かえす刃で自分の非を悔いながら自らを刺し貫く。そればかりでなく、宮は重傷を負ったその足で貫一の家を出、淵に身を投げるのである。

「宮《みや》、待つて居《ゐ》ろ、俺も死ぬぞ！　貴様の死んでくれたのが余り嬉《うれ》しいから、さあ、貫一《くわんいち》の命も貴様に遣《や》る！　来世《らいせ》で二人が夫婦に成る、是が結納《ゆひなふ》だと思つて、幾久《いくひさし》く受けてくれ。貴様も定《さだ》めて本望だらう、俺も不足は少しも無いぞ。」

然《さ》らば往《ゆ》きて汝《なんぢ》の陥りし淵に沈まん。沈まば諸共《もろとも》と、彼は宮が屍《かばね》を引起して背《うしろ》に負へば、其の軽《かろ》きこと一片《ひとひら》の紙に等《ひと》し。怪《あや》しと見返れば、更に怪し！　芳芬《ほうふん》鼻を撲《う》ちて、一《いち》朶《だ》の白百合《しろゆり》大《おほい》さ人面《じんめん》の若《ごと》きが、満開の葩《はなびら》を垂れて肩に懸《か》れり。

不思議に愕《おどろ》くと為《す》れば目覚めぬ。覚むれば暁の夢なり。

いかにも実際に起こっていることのように書き連ねておいて、最後に夢であった、と読者に一杯食わせるあたり、鏡花的だが、弟子の鏡花に比べると作りが不自然でこなれない感がある。この後で引用する、これを伏線として描かれる後日談に至っては、尻切れとんぼの感すらある。

さて問題の百合は、この場面以前に一度、宮の形容に「露置く百合の花などの仄《ほのか》に風を迎へたる如（『続金色夜叉』第六章）というところに登場するが、作品上の本格的な扱いはここが最初である。ここの白百合にも、日本の近代文学に登場する白百合の特徴として何度か指摘した点が一通り認められる。すなわち、

一　花は白い。（肩越しに振り返って見た場面であるから、接近型である）

二　香りが強く「芳芬《ほうふん》鼻を撲《う》」つ。

三　花は大きい。（「大さ人面の若き」）

以上の三点があることから、これも白百合の名を借りた山百合であることが推察される。

この推察の当否は、この作品の場合は作品から直接判明する。

『続続金色夜叉』第一章（単行本初版は明治三十六年）。貫一はさきの夢から醒め、煩悶しながらも、仕事の高利貸しを怠ることはない。「先に大口の言込《いひこみ》有りし貸付の緩々《だらだら》急に取引迫りて、彼は些《ちと》の猶予も無く、自ら野州塩原なる畑下《はたおり》と云へる温泉場に出向き」「密《ひそか》に云々《うんぬん》の探知すべき必要を生じ」る。そこで彼は「彼《か》の逆巻く波に分け入りし宮が、息絶えて浮び出でたりし其処《そこ》の景色に、似たりとも酷《はなは》だ似たる岸の布置《たゝずまひ》、茂《しげり》の状況《ありさま》、乃至は漾《たゝ》ふる水の文も、透徹《すきとほ》る底の岩面《いはづら》も、広さの程も、位置も、趣も、子細に看来れば逾《いよい》よ差《たが》はず」という不動沢をまのあたりとし、正夢かと目を疑う。その次のくだり。

我も既《すで》に死なんとせしがと、有繫《さすが》現《うつゝ》の身にも沁む時、宮にはあらで山百合の花なりし怪異を又懐《おも》ひて、彼は肩頭《かたさき》寒く顫《ふる》ひぬ。　（（一）の二）

同じ百合を白百合と書いてみたり山百合と書いてみたりするところも、鏡花と似ている。

ともかくここでいうところの白百合は、やはり山百合であった。

さて、奇異は風景だけの一致にとどまらない。宿の一室に落ち着いた貫一の目前に山百合も現われる。

楼前《ろうぜん》の緑は漸《やうや》く暗く、遠近《をちこち》の水音冱《さ》えて、はや夕暮るゝ山風の身に浸《し》めば、先づ湯浴《ゆあみ》などせばやと、何気無く座敷に入《い》りたる彼の眼《まなこ》を、又一個《ひとつ》驚かす物こそあれ。鞄《カバン》を置いたる床間に、山百合の花のいと大きなるを唯一輪棒挿《ぼうざし》に活けたるが、茎形《くきなり》に曲《くね》り傾きて、恰《あたか》も此方《こなた》に向へるなり。

貫一は覚《おぼ》えず足を踏止《ふみと》めて、其《そ》の瞠《みは》れる眼を花に注ぎつ。

宮ははや此に居たりとやうに、彼は卒爾《そつじ》の感に衝《つか》れたるなり。

既に幾処《いくところ》の実景の夢と符合するさへ有るに、亦其《またそ》の殊に夢の夢なる一本《ひともと》百合の此《こゝ》に在《あ》る事、畢竟偶合《ひッきやうぐうがふ》に過ぎずとは謂《い》へ、然《さ》りとては余りに彼《かの》夢と此《この》旅との照応急に、因縁深きに似て、那《な》ど恁《かく》は我を驚かすの太甚《はなはだ》しき！　（第二章）

ここに続くくだりは、漱石の『それから』（明治四十二年）の一場面、「十」の場面にやや似ている。比較していただくため、『それから』を引いてから「金色夜叉」に戻ろう。

先刻《さつき》三千代が提《さ》げて這入《はいつ》て来《き》た百合《ゆり》の花が、依然として洋卓《テーブル》の上《うへ》に載つてゐる。甘《あま》るい強い香《か》が二人《ふたり》の間《あひだ》に立ちつゝあつた。代助は此《この》重苦しい刺激を鼻の先に置くに堪《た》へなかつた。けれども無断で、取り除《の》ける程、三千代に対して思ひ切つた振舞が出来なかつた。

「此花《この》は何《ど》うしたんです。買《かつ》て来《き》たんですか」と聞いた。三千代は黙つて首肯《うなづ》いた。さうして、

「好《い》い香《にほひ》でせう」と云つて、自分の鼻を、弁《はなびら》の傍迄《そばまで》持つて来て、ふんと嗅《か》いで見せた。

代助は思はず足を真直《まつすぐ》に踏ん張つて、身を後《うしろ》の方へ反《そ》らした。

「さう傍《そば》で嗅《か》いぢや不可《いけ》ない」

『続続金色夜叉』の場面。

旋《やが》て傍近《そばちか》く寄りて、幾許《いかばかり》似たると眺むれば、打披《うちひら》ける葩《はなびら》は凜《りん》として玉を割《さ》いたる如く、濃香芬々《ふんぷん》と迸《ほとばし》り、葉色《はいろ》に露気《ろき》有りて緑鮮に、定《さだめ》て今朝や剪《き》りけんと覚《おぼ》しき花の勢なり。少《しばら》く楽《たのし》まされし貫一も、之《これ》が為に興冷めて、俄《にはか》に重き頭《かしら》を花の前に支へつゝ、又夫《か》の愁《うれひ》を徐々に喚起《よびおこ》さんと為《し》つ。

「お風呂へ御案内申しませう。」

其《その》声に彼は婢《をんな》を見返りて、

「あゝ、姐《ねえ》さん、此花《この》を那裏《そツち》へ持つて行つておくれでないか。」

「はあ、其花《その》で御座いますか。旦那様は百合の花はお嫌ひで?」

「いや、匂《にほひ》が強くて、頭痛がして成《な》らんから。」

「然《さ》やうで御座いますか。唯今直《ぢき》に片附けますです。是は唯一《たツたひと》つ早咲で、珍《めづ》しう御座いましたもんですから、先程折つてまゐつて、徒《いたづら》に挿して置いたんで御座います。」

「うゝ、成程《なるほど》、早咲だね。」

「然《さ》やうで御座います。来月あたりに成《な》りませんと、余り咲きませんので、是《これ》が唯一《たツたひと》つ有りましたんで、紛《まぐ》れ咲《ざき》なので御座いますね。」

（二章）


この二つの白百合は、主人公のために特別に用意された山百合であること、その香りが主人公にとってはきつすぎ、精神的にも重い負担であること、それはこの百合がともに特定の女性に対する主人公の本心の象徴であるからにほかならないこと、この二点で共通している。ただ、花の強い香に堪えられない主人公の精神状態の描き方や、花の香の使い方に関しては、『それから』の鮮やかさに「金色夜叉」は到底及ばない。ついでに指摘すれば、『それから』で代助は薔薇の香水を振り撒くし、「金色夜叉」でも薔薇の香は『新続金色夜叉』で懊悩する貫一の身を包む。ハイカラな仕掛で両作品はよく似ている。

　これからしても、両作品が山百合を白百合として扱うことの背景として、キリスト教文明下で確立したマドンナリリーの象徴を、和洋折衷化して日本に導入しようとした試みが想定される。

そこで前章では、白百合が登場する作品を並べて見た時に浮かぶ特徴から、マドンナリリー説を掲げたわけだが、それはいわば、状況証拠に頼っての推論にすぎなかった。が、「金色夜叉」の場合は、そう考えることに有力な証拠がある。「金色夜叉」の筋書きと百合の登場とには、底本があって、それはアメリカ文学であるという。「金色夜叉」発表の前に、今度書く小説のヒントは「近読の米国女流作家某の『ホワイト・リヽイ』といふ小説」である、と紅葉本人から聞いた、と江見水蔭が『自己中心明治文壇史』に記しているのが、その証拠である。ホワイト・リリイすなわち白百合は、マドンナリリーに違いない。

ただし福田清人氏による新潮文庫版の作品解説（昭和四十四年）によれば、後に木村毅が、『ホワイト・リリイ』という作品は見当たらないので、それはおそらくクレイの『ドラ・ソオーン』という、白百合のよく登場する作品であろうとしているという[*]。そうだとすると、筋の類似性も指摘できるというのである。残念ながらまだ私自身は原作にあたっていないのであるが、どちらにせよ、「金色夜叉」の白百合こと山百合のモデルがマドンナリリーであることに、ほぼ間違いはない。私の考えを支持する有力な知見である。こういう事情だからこそ紅葉は、白百合という名前を出すほか、色彩についてあえて触れなかったのであろう。

日本の近代文学において、山百合はやはり、底本にある欧米の舞台を日本に置き換えた際、マドンナリリーに対応するものとして選ばれたのである。その実体から選ばれたのではなかった。そのため、作品中では山百合の持つ特徴のうち、マドンナリリーと共通する強い香りが強調され、その色彩からは、共通項である白だけが抽出されたわけであろう。工夫したものである。しかし山百合の身になってみれば、哀れなものすら感じる。人間の創造性や想像力は、優れているのか貧困なのかわからない。

＊バーザ・M・クレー（Bertha M. Clay）作『ドラ・ソーン』（Dora Thorne 1883）のことだが、堀啓子氏（二〇〇〇）によれば『金色夜叉』の種本は同じクレーの『女より弱き者』（Weaker Than a Woman 1885）である。

白百合再考

漱石『それから』の一つのクライマックスは、作品のちょうど中盤にある。代助の、安穏で気楽な高等遊民の生活に影が差す場面だ。学生時代、自分の気持ちを偽って自分の親友に結婚を勧めた相手、三千代。その三千代の抱えてきた白百合の束が、その影である。その直前まで代助は、精神の安寧を保つべくスズランの涼やかな香りに身をゆだね、昼寝をしていたところだった。それだけに代助は、その白百合が放つ重く強い香りに、耐えられないものを覚える。軽いスズランの香りが白百合の香りでかき乱されたように、現実を避けて気楽に過ごしてきた代助の安穏な生活は次第に破調を来し始める。

この象徴的な白百合が、実は純白の百合ではなく、斑紋《はんもん》のあるヤマユリであること、またその背景には、キリスト教の文化圏で純潔の象徴とされるマドンナリリーが見え隠れしていること、を自説として発表したのは、私が大学院生のときであった（塚谷裕一「漱石『それから』の白くない白百合」「ＵＰ」一九八八年一一月号。前出「漱石の白くない白百合」）。それ以前にはこの白百合は、漠然と白い百合、とくに南西諸島に自生があり、純白で、本州でも栽培の盛んであったテッポウユリを想定されてきたものであったが、幸い私のヤマユリ説はその後、岩波書店の『漱石全集』（平成六年版）などでも注として採用されるなど、比較的広く受け入れられるようになっている。ここで私が強調したポイントは、その強い香りこそ、この『それから』の白百合が持つべき最大の特徴だという点である。その香りはスズランの香りが示す浮き世離れした精神とは対極的な、現実的な、重い強い香りでなくてはならない。この小説で最後に代助がたどり着く先は、純潔とは正反対の、姦通である。すなわちこの作品における白百合の存在意義は、何よりも不協和音のような、不吉さを伴うほどの重い香りだ。となればこの白百合は、日本人が現在白百合として最もイメージしやすいテッポウユリのような純白の花であってはならず、テッポウユリ程度の軽い香りではいけない。ヤマユリが持つ白地に黄色いラインと紫褐色の斑点、そしてそのむせかえるほどの重い香りこそが、この場面にふさわしいと考えた。

　この解釈には、多くの傍証がある。キリスト教文化圏において純潔を意味する白百合は、本来、純白のマドンナリリーを指すものだが、世界各地の花が集められている今日ですら、本物のマドンナリリーは、日本ではほとんど目にすることがない。そんなマドンナリリーを当時の日本人が実見したはずはなく、逆に身近な白い百合といえば、本州の山野で最も普通の百合、ヤマユリとなるのはごく自然な流れであった。実際、漱石と同時代かその前後の作家の作品において、白百合と表現されているものを精査していくと、蘆花、鏡花など、山百合と明記しつつも、その花色について「白」とのみ記している例が多数確認できる（前出「描かれた山百合の謎」）。ヤマユリも、その花を裏から見れば純白であるし、遠目にはたしかに白い百合と見える。昨今は植物図鑑式に、間近に花の模様を観察する見方ばかりが一般的となっているが、当時はまだ、自然の風景の、緑を背景とした中で遠目に見る見方の方が普通だったのだろう。そういう情景においては、山百合も確かに白い百合だ。

したがってこの漱石の「白百合」＝ヤマユリ説は、きわめて妥当なものと思われる。

しかしそう主張する本人としても、ヤマユリ説発表の当初から、唯一気になっていた点がある。それは季節である。ここでは改めてこの季節の問題を取り上げて再検証してみたい。その結論は、これまでの解釈に若干の修正を与えることになるだろう。

最初に作品で白百合が登場するのは、先にも述べたとおり、スズランの花の軽く涼やかな香りとの対比、不吉な不協和音を響かせる役割である。ここのスズランは、「ある人が北海道から採つて来たと云つて呉れた」ものとあるので、花壇によく植えられている外来のドイツスズランではなく、日本の野生のスズランだ。もしこれが札幌近郊のものとすれば、五月下旬か六月上旬かということになる。この時期だと、実はヤマユリには若干早い。東京あたりなら六月下旬から七月だからだ。逆にテッポウユリなら、関東地方ではちょうど開花時期に当たる。ただし漱石がこの作品を朝日新聞に連載を開始する直前の、明治四十二年六月十五日の日記には、「昨日森が呉れたリリー、オフ、ゼ、ワレーを大井に浸し紫檀の机の上に置く。其下に昼寝す。異香あり」とあるので、このスズラン（連載時には「リリー、オフ、ゼ、ワレー」と表記され、単行本では「鈴蘭」と表記）は札幌よりも北ないし山よりの産地のものかもしれない。もしこの日記の日付を基準とすると、若干早いが、この初回登場時の白百合も、山百合でよいことになる。しかしその代わり、第十章から十一章の記述が後述のように季節を逆行してしまう。

改めて当該場面の季節を詳細に検討してみよう。

問題の第十章はこう始まる。「蟻の座敷へ上がる時候になつた」。これは今の暮らしの中で実感するのが難しいが、五月頃からはたしかに蟻が部屋に入り込み始める。六月上旬と言うよりは、五月下旬だろうか。続くいくつかの描写も、五月頃のように読める。たとえば、

・代助は父に呼ばれてから二三日の間、庭の隅に咲いた薔薇の花の赤いのを見るたびに、それが点々として眼を刺してならなかつた。其時は、いつでも、手水鉢の傍にある、擬宝珠の葉に眼を移した。其葉には、放肆な白い縞が、三筋か四筋、長く乱れてゐた。代助が見るたびに、擬宝珠の葉は延びて行く様に思はれた。

・曇つた空を燕が二羽飛んでゐる様が大いに愉快に見えた。

・が其桜はとくに散て仕舞つて、今は緑蔭の時節になつた。

これらの描写は、六月より五月頃にふさわしい。しかも次の十一章は「何時の間にか、人が絽《ろ》の羽織を着て歩く様になつた」で始まり、「冬帽を被つて表へ出て見て、急に暑さを感じた」とある。加えて、「此間迄向の土手にむら躑躅《つつじ》が、団々《だんだん》と紅白の模様を青い中に印してゐたのが、丸で跡形もなくなつて」という描写もある。さらにしばらくいくと、甥の誠太郎が「苺を食つてゐた」という場面がある。これは間違いなく五月である。おそらく五月下旬くらいであろう。しかしこの時期とすると、ヤマユリにはどうしても早すぎる。逆にテッポウユリの開花にはぴったりということになる。

となると『それから』の白百合は、当時の作品にしては珍しく、テッポウユリだったのだろうか。

結論を急ぐ前に、白百合が意味を改めて再登場する十四章を調べてみよう。ここもこの作品の重要なターニング・ポイントである。というのも、十四章の白百合は、「今日始めて自然《しぜん》の昔に帰るんだ」と決意した代助が、その決意を表すべく、代助自身によって買い求められる白百合だからだ。この新たな意味を込められた白百合もテッポウユリだろうか。まず時間経過を計算してみる。十章から十四章までの間には、本文の描写をつないで考えると、詳細は省略するが、少なくとも二十数日が経っている。この間、代助には、これまで通りの高等遊民に近い生活を保つための選択肢が残されていた。代助は、父が政略的に勧める、いかにも趣味の合わなそうな相手と結婚することも、まだこの時点では可能であったし、三千代も、その不幸な結婚生活を続けることが可能だった。ここにひと月近い時間経過を漱石が設定したのはごく自然なことだと言うことができる。ともあれ、先の場面が五月の下旬ならば、こちらは六月の下旬となる。加えて、十四章で白百合が再登場する直前には「梅雨に入つて二三日凄まじく降つた揚句なので」という表現があるので、これは梅雨末期だろう。となると、テッポウユリにはもはや時期が遅すぎる。逆に、ここは季節的にみてまさにヤマユリだ。たとえばヤマユリを県花とする神奈川県の鎌倉市あたりでは、この頃ヤマユリがちょうど見頃を迎える。

最初私がヤマユリ説を発表したとき、その強い証拠の一つに挙げた形態的特徴の描写も、この二回目に現れる。「翻《ひる》がへる様に綻《ほころ》びた大きな花弁」という表現だ。強烈な香りも、初回の登場時以上に繰り返し強調される。書生である門野の「大変好い香ですな」という台詞、「部屋を掩《おお》ふ強い香」「強い香を眼の眩《ま》う迄嗅いだ」「白百合の香の中に封じ込められた」という、たたみかけるような描写。これほどの強い香りは、日本産の百合の中でもヤマユリしか持ち得ない。ここはやはりヤマユリと読むべきだろう。

とすると、もしかすると『それから』の白百合には二種類があるのではないか。すでに多くの作品の例示から、当時の白百合は、キリスト教的な観念を負わされた記号的な百合であることがわかっている。ということは、植物学的な意味でのある特定の百合を指す必然がない。そもそも文学作品において、「白百合」という一般呼称が、植物学上の特定の種を指す必然もない。加えて、最初の登場時と二回目の登場時との間に約一ヵ月の間があるとなれば、この二つの白百合が同一種であることはむしろあり得ない。現在のように促成栽培や南半球など海外からの輸入が普通の時代と違い、当時は花それぞれの季節性がずっと強かったからである。あるいは漱石は、二度の白百合登場の場面を先に構想し、その間に若干の挿話を挟んだのかもしれない。そのために季節が分断されてしまった可能性はある。しかし小説を現実の時系列とみなして忠実に読むならば、総合的に判断して、初回の登場はテッポウユリ、そして二回目はヤマユリだった、と読む方が自然だ。

そう解釈して改めて読み返すとどういうことになるだろうか。

最初の第十章での白百合の役目は、高等遊民としての気ままな、しかし現実から目を背けた生活に、一種不愉快な現実が割り込むことを示す、その象徴だ。それゆえに最も大事なその特徴は、以前から主張してきたとおり、その香りである。「成る可く世間との交渉を稀薄に」すべく、「其手段には、極めて淡い、甘味の軽い、花の香をよく用ひた」代助が選んだスズランの香り。それに対して、「世間」を象徴させる形で現れる白百合がテッポウユリだとするとどうなるか。

以前、私はここもヤマユリだと考え、その重くむせかえるような香りによって、スズランの香りを完全に圧倒してしまうことが、ここでの白百合の大事な役目と考えた。しかし今、季節からこれをテッポウユリと読むべきことがわかってみると、むしろその方がぴったりとはまることがわかる。というのも、この第十章ではまだ代助は、「本当の自然」の重みが、自分の身に降りかかる気配、不協和音を感じるのみにとどまっているからだ。最終的に代助と三千代は姦通の罪を負い、代助は勘当となるわけだが、この段階では、まだ二人とも、そうした選択を迫られるには及んでいない。それどころか、破局の道を選ぶという運命は、まだ可能性としてすら自覚されていない時点にある。しかも、ここでこの白百合を買い求めるのは、三千代の方だ。三千代はこの時点では、自らの不幸な結婚生活を放棄するつもりはない。したがってここ第十章では、白百合が純潔の象徴であることをやめてはならないのである。その意味では、ここで三千代が選び買い求める白百合は、見た目は純白の花をもつテッポウユリこそが、この場にふさわしい。

　しかもテッポウユリは、ヤマユリほどの強烈な香りではないが、スズランの「極めて淡い、甘味の軽い、花の香」に比べれば、やはり圧倒的に香りが強く、甘すぎる。スズランの香りに、異質なものが闖入《ちんにゅう》し、不穏なものを覚えさせるという意味においては、十分な違いだ。また代助にしてみれば、純潔を意味するテッポウユリを、三千代が掲げていることに対して、本能的な嫌悪を抱かざるを得ないだろう。第十章で三千代がテッポウユリをわざわざ買ってきたのに対し、代助は懐かしそうな態度を見せない。せっかく代助との思い出として買って来たにもかかわらず、むしろ避けるようなそぶりを見せる代助に、三千代は「貴方、此花、御嫌なの？」と不審がる。ここで代助が近づくまいとしているのは、この白百合が現実を象徴していることに加え、三千代が純潔の象徴を選んだことに対する反発もあると読むことが可能だ。ここに、純潔の象徴でありつつも、平穏を乱す気配を示すものとしての、テッポウユリの二面性が生じる。

　となれば、第十四章の白百合がヤマユリである意味は、もはや明白だ。ここの白百合が果たすべき役目は一つ。代助が、これまでの「成る可く世間との交渉を稀薄に」してきた態度を捨て、むしろ世間に対峙する決意を示し、その代わりに「極めて淡い、甘味の軽い」香りとは全く正反対の、重く、「眼の眩う」ほどに強い香りの快楽に身をゆだねる決意を示すことにある。それ故、代助がここで自ら選び、買い求めてくる白百合が、もはや純潔を意味しない、黄色い太い筋と、茶褐色の斑点を一面にまとうヤマユリであることは、必然なのである。その強烈な香りは、二人に、本能に立ち返ることを促すだろう。

　以上のように、季節に主眼を置いて再検証した結果、私たちは『それから』の白百合が、二つの種からなることを認めることになった。これが今回の解釈の修正点である。第十章の白百合は、予兆をはらみつつも、まだ純潔を保った状態を示す純白のテッポウユリ。そして第十四章は、明白に純潔の破棄の意思を示すヤマユリ。季節の進行に伴って、ごく自然に「白百合」がその姿を変え、別の種に移り変わるところに、この象徴のポイントがある。

最後に一つ、残った謎を指摘しておきたい。本稿では、小説のちょうど中盤、第十章で登場する白百合を、一回目の登場として扱ってきたが、小説をノンフィクションとして読むならば、三千代と代助の間に白百合という存在が記号化されたのは、昔、代助も三千代もまだ学生だった頃にさかのぼることになっている。このとき白百合を買ったのは、代助だ。三千代の家に白百合を携えて訪問し、「自分で、大事さうに買つて来た花を活けて、三千代にも、三千代の兄にも、床へ向直つて眺めさした事があつた」。第十章で三千代が白百合を買って来たのも、このときの記憶に基づいての行動と設定されている。この白百合はどちらの百合だったのだろうか。

三千代の記憶を重視すれば、これもテッポウユリだったということになるが、代助の選択という観点からすれば、それはヤマユリだったことになる。もしこの二人の間で、そもそもの最初から、白百合の種類の認識が違っているとしたらどうだろう？　代助はヤマユリをこそ白百合と見ていて、一方、三千代はテッポウユリを白百合と見ているとしたら？　そしてそのすれ違いが、一貫して二人の間にあった・あり続けている、としたら。ここまで来ると、あるいは深読みのしすぎかもしれないが、検討の余地はあろう。

（『図書』二〇一二年一二月号）

追記　本稿は二〇一二年七月三十日に東京大学総合図書館ブックトークで話した内容をもとに、論考を補強したものである。当日議論いただいた参加者にお礼申し上げる。

II

『虞美人草』の花々

春の盛りに漱石の『虞美人草』（明治四十年）を読み返した。折しも一日ごとに緑が深くなり、花が咲き揃う季節、期せずして「柳暗花明の好時節」（四）という言葉も出てくるこの作品を読むには、たいへん好適だった。小説にも読むべき旬《しゅん》というものがあるようで、そうした時に読んでみると、それまで読み過ごしていた点に気づくことも多い。

この時も、いくつか気のついたことがあった。『虞美人草』は御存じの通り、博士論文を執筆中の将来有望の秀才・小野をめぐる、二人の女性の対比と葛藤が主骨格になっている。その二人の女性というのが藤尾と小夜子で、かたや、作中でクレオパトラに擬される、派手でまた才気溢れる近代的女性、かたや、現代の読者たる私からすれば、もう少しはきはきしたらよさそうな、か弱き大和なでしこ。互いに正反対の人格の持ち主である。この描き分けも単純明快ながら、その他の登場人物も単純明快、悪役の藤尾に味方するものと、善玉の小夜子に味方するものとの二つの陣営に分かれており、それぞれに奔走、活躍する。ここまではよくある設定だが、漱石はもう一つ仕掛をしている。二つの陣営に分かれているのは人物だけではないのである。『虞美人草』には多数の植物が登場し、これらもまた、藤尾を象徴するものか、小夜子を象徴するものか、そのどちらかにきれいに描き分けられている。この区別は実にはっきりしており、前者はすべて、いかにもクレオパトラにふさわしい、はっきりと色鮮やかに人目を引く栽培種の花、特に花木。後者は正反対に、地味な野草の花である。この基準《スタンダード》は厳密なまでに使い分けられており、栽培種であって渋いもの、あるいは色鮮やかな野草といったものは登場しない。

　この区別はさらに、比喩として登場する植物の場合にも踏襲されていて、前者の例がやはり栽培種の「熱帯の奇蘭」、後者が野草の「女郎花《おみなえし》」である。勿論漱石は小夜子の側に立つものに肩入れしており、藤尾の側に立つ花は評価していなかったようである。では、藤尾のどこがよろしくないのか。「十」の、藤尾の母と宗近の父との会話を、長いが引用することにしよう。小夜子陣営の宗近老人のせりふから。

「どうです御宅《おたく》の桜は。今頃は丁度《ちやうど》盛《さかり》でせう」で結んで仕舞つた。

「本年は陽気の所為《せゐ》か、例年より少し早目で、四五日前が丁度観頃《みごろ》で御座いましたが、一昨日《いつさくぢつ》の風で、大分傷《いた》められまして、もう……」

「駄目ですか。あの桜は珍らしい。何とか云ひましたね。え？　浅葱桜《あさぎざくら》。さう〳〵。あの色が珍らしい」

「少し青味を帯びて、何だか、かう、夕方抔《ゆふがたなど》は凄い様な心持が致します」

「さうですか、アハ、、、。荒川《あらかは》には緋桜《ひざくら》と云ふのがあるが、浅葱桜は珍らしい」

「みなさんが、左様《さう》仰《おつしや》います。八重《やへ》は沢山あるが青いのは滅多にあるまいつてね……」

「ないですよ。尤《もつと》も桜も好事家《かうずか》に云はせると百幾種とかあるさうだから……」

「へえゝ、まあ」と女は左《さ》も驚ろいた様に云ふ。

「アハ、、桜でも馬鹿には出来ない。此間も一《はじめ》が京都から帰つて嵐山へ行つたと云ふから、どんな花だと聞いて見たら、只一重だと云ふ丈でね、何にも知らない。今時《いまどき》のものは呑気《のんき》なものでアハ、、、。——どうです粗菓だが一つ御撮《おつま》みなさい。岐阜の柿羊《かきやう》羹《かん》」

「いえどうぞ、もう御構《おかま》ひ下さいますな……」

「あんまり、旨《うま》いものぢやない。只珍らしい丈」だと宗近老人は箸を上げて皿の中から剝《は》ぎ取つた羊羹の一片《ひときれ》を手に受けて、独《ひと》りでむしや〳〵食ふ。

ここで、「浅葱桜」とあるのは、今ではむしろ「鬱金《うこん》」という方の名で知られている品種であろう。名前の通り薄い黄緑色をした八重の桜で、この色彩は花弁が半ば萼《がく》の性質を残したためのものである。たまに見るとおもしろいが、これでは庭の主役はつとまらない。さすがに年の功か直接には批判しないが、最後のせりふにある通り、宗近老人は羊羹にかこつけてその価値を認めない。宗近老人にとって、羊羹はおろか、自慢の浅葱桜も、つまるところクレオパトラ藤尾も「只珍らしい丈」にすぎないのである。これはとりもなおさず、作者漱石の意見と見てよいだろう。これは日本人の伝統的な価値観でもあった。

おほかた、何もめづらしくありがたき物は、よからぬ人のもて興ずる物なり。

（『徒然草』百三十九段）

この言は、兼好法師が草木のことを述べたついでに、一般論にしてみせた結論である。この直前には、

この外の、世に稀《まれ》なるもの、唐《から》めきたる名の聞きにくゝ、花も見馴れぬなど、いとなつかしからず。

とある。漱石が「只珍らしい丈」に惹かれつつもこれを真の価値とは認めないというの

は、伝統的態度であった。当時の日本において、藤尾のような女性はまさにそうした存在だったわけである。

そういう価値観からすれば、漱石がすみれのような小さな野草の花を好んだのは当然の理であろう。

菫程な小さき人に生れたし　漱石　（明治三十年）

作品でも小夜子に擬せられているのはそういう花である。「十三」の段、共に小夜子陣営の糸子と甲野さんとの会話。

野面《のづら》の御影《みかげ》に、乾《かは》かぬ露が降りて、いつ迄も湿《しつ》とりと眺められる径《わたし》二尺の、縁《ふち》を択《えら》んで、鷺草《さぎさう》とも菫《すみれ》とも片付かぬ花が、数を乏《とぼ》しく、行く春を偸《ぬす》んで、ひそかに咲いて居《ゐ》る。

「美しい花が咲いて居る」

「何処《どこ》に」

（中略）

「あら」と女は留《とま》る。

「奇麗でせう」

「えゝ」

「知らなかつたんですか」

「いゝえ、些《ちつ》とも」

「あんまり小さいから気が付かない。何時《いつ》咲いて、何時《いつ》消えるか分らない」

「矢《や》っ張《ぱり》桃や桜の方が奇麗でいゝのね」

甲野さんは返事をせずに、只口のうちで
「憐《あは》れな花だ」と云つた。糸子は黙つてゐる。

「昨夜《ゆふべ》の女の様《やう》な花だ」と甲野さんは重ねた。


この段の最後は、「鷺草とも菫とも片付かぬ花は依然として春を乏しく咲いてゐる」という文で締め括られる。この花は会話中にあるように艶やかな「桃や桜」とは対極にある野草である。すなわち小夜子は、世間の表舞台には決して出ない、つつましい大和なでしことということになる。クレオパトラ藤尾とは到底相容れない存在なのはもちろん、漱石と同じ頃鏡花が好んで描いたような女性、堪える時には堪えもするが、その一方で芯が非常に強くて行動力もある、という女性と比べてもずいぶん影の薄い女性ではないか。今これだけか弱い一方の女性を描いて、こういう女性がいいなどと書いたならば、猛反発を買うのは必定である。『虞美人草』が今でもそれほどの抵抗なく読まれているのは、執筆された時代を考慮してのものだろうか。もっとも作者漱石によれば、小夜子がこれほどはきはきしないのは、育て親の孤堂先生が、当時にしてもあまり大時代的なのがいけないということらしい。

「話さない？　話せばいゝのに。一体小野が来たと云ふのに何をして居たんだ。いくら女だつて、少しは口を利《き》かなくつちやいけない」

口を利けぬ様に育てゝ置いて何故《なぜ》口を利かぬと云ふ。小夜子は凡ての非を負はねばならぬ。眼の中が熱くなる。（九）

それはともかく、話を植物にもどそう。「鷺草」は、『彼岸過迄』にも登場するところをみると、漱石はかなり気に入っていたらしい。それだけに何であるか正確に読み取りたいところだが、この名前は紛らわしく、解説書などでは例えば『漱石と植物』（古川久著、八坂書房、一九七八年）などのように、これを夏に咲くラン科のサギソウ（*Habenaria radiata*）と解釈していることが多い。しかしこれは、『虞美人草』『彼岸過迄』いずれの作品の「鷺草」も、描かれた草姿などから、サギゴケ科のサギゴケ（*Mazus miquelii*）ととるのが正しい（念のため書いておくと、紫色の花をつけるものもサギゴケということがあるが、正しくは白い花のものをサギゴケといい、紫色のものはムラサキサギゴケという）。

そもそもラン科のほうのサギソウでは、花の姿があまりに白鷺そっくりで、精巧にできており、名もない目立たぬ花というイメージに合わない。決して「昨夜の女の様」というわけにも、また真夏の強い日差を浴びて咲く花だけに、「春を乏しく咲」くというわけにもいかないだろう。ここはぜひとも、原っぱで身近によく見られる野草、地に這って花をつけるサギゴケのことと読むべきところである。それでこそ小夜子のイメージ、漱石の好みに合致する。

本名は頓とわからず草の花　漱石　（明治三十二年）

人間どうしを直接比較するのは露骨に過ぎよう。また芸もあるまい。その代わりに両陣営の花が対比される。「十六」、宗近親子の会話、宗近君の発言の途中から。

「（略）此薔薇《このばら》は又大変赤いもんだな、こりあ」

「それは仏見笑《ぶつけんしやう》と云つてね。矢《や》っ張《ぱ》り薔薇の一種だ」

「仏見笑？　妙な名だな」

「華厳経に外面如《げめんによ》菩薩《ぼさつ》、内心如夜叉《ないしんによやしや》と云ふ句がある。知つてるだらう」

「文句丈は知つてます」

「それで仏見笑と云ふんださうだ。花は奇麗だが、大変刺《とげ》がある。触《さは》つて御覧」

「なに触らなくつても結構です」

「ハ、、、外面如菩薩、内心如夜叉。女は危ないものだ」と云ひながら、老人は雁首《がんくび》の先で祥瑞《しよんずゐ》の中を穿《ほじ》り廻す。

「六《む》づかしい薔薇があるもんだな」と宗近君は感心して仏見笑を眺めて居る。

「うん」と老人は思ひ出した様に膝を打つ。

「一《はじめ》あの花を見た事があるかい。あの床《とこ》に挿《さ》してある」

老人は居ながら、顔の向《むき》を後《うしろ》へ変へる。捩《ねぢ》れた頸《くび》に、行き所を失つた肉が、三筋程括《みすぢほどくび》られて肩の方へ競《せ》り出して来る。

茶がかつた平床《ひらどこ》には、釣竿を担《かつ》いだ蜆子《けんす》和尚を一筆に描《か》いた軸を閑静に掛けて、前に青銅の古瓶《こへい》を据ゑる。鶴程に長い頸の中から、すいと出る二茎《ふたくき》に、十字と四方に囲《かこ》ふ葉を境に、数珠《じゆず》に貫《ぬ》く露の珠《たま》が二穂宛偶《づゝぐう》を作つて咲いてゐる。

「大変細い花ですね。――見た事がない。何と云ふんですか」

「是《これ》が例の二人静《ふたりしづか》だ」

「例の二人静？　例にも何にも今迄聞いた事がないですね」

「覚えて置くがいゝ。面白い花だ。白い穂が屹度《きつと》二本宛《づゝ》出る。だから二人静。謡曲《えうきよく》に静《しづか》の霊が二人して舞ふと云ふ事がある。知つてゐるかね」

「知りませんね」

「二人静。ハ、、、面白い花だ」

「何だか因果《いんぐわ》のある花ばかりですね」

明らかに、はっきりとした色彩を誇り、「外面如菩薩、内心如夜叉」の仏見笑は藤尾、「大変細い」目立たぬ野の花「二人静」は小夜子である。ここまでに出てきた藤尾を意味する花の特徴を、引用しなかった椿を含めてまとめてみると、浅葱桜をのぞけば皆、赤ないし桃色の系統の花をつける。ことにこの薔薇のように「大変赤い」花は漱石の神経に障ったらしい。『それから』で、全篇にわたって赤い色彩が不安を意味していることは、すでに周知の通りであるし、『草枕』でも赤い椿の花はあまりよい印象を与えない。

反対に、白い花は多くの作品で好ましく扱われている。現に小夜子を意味する花は二つとも白い花であるし、『それから』が心理上の赤と白との葛藤と読むこともできることは以前から指摘されている。漱石の俳句には菊、それも白か黄の菊が度々詠まれている。目立たぬ白い野草の花、そういうイメージの女性に漱石は好感を抱いたのだろう。

仏性は白き桔梗にこそあらめ　漱石　（明治三十年）

さて、漱石は藤尾をクレオパトラになぞらえた以上、それにふさわしく最後は破局をもって亡きものとしなくてはならなかった。

凝《こ》る雲の底を抜いて、小一日《こいちにち》空を傾けた雨は、大地の髄《ずゐ》に浸《し》み込む迄降つて歇《や》んだ。春は茲《こゝ》に尽きる。梅に、桜に、桃に、李《すもゝ》に、且《か》つ散り、且《か》つ散つて、残る紅《くれなゐ》も亦夢の様に散つて仕舞つた。春に誇るものは悉《ことごと》く亡ぶ。我《が》の女は虚栄の毒を仰いで斃《たお》れた。花に相手を失つた風は、徒《いたづ》らに亡き人の部屋に薫《かほ》り初《そ》める。（十九）

ここで初めて、題名になった酒井抱一の『虞美人草』、ひなげしが出てくる。

逆《さか》に立てたのは二枚折の銀屏《ぎんびょう》である。一面に冴《さ》へ返る月の色の方六尺のなかに、会釈もなく緑青《ろくしょう》を使つて、柔婉《なよやか》なる茎を乱るる許に描《かい》た。不規則にぎざ〳〵を畳む鋸葉《のこぎりば》を描いた。緑青の尽きる茎の頭には、薄い弁《はなびら》を掌程の大きさに描た。茎を弾けば、ひら〳〵と落つる許に軽く描た。吉野紙を縮《ちゞ》まして幾重の襞《ひだ》を、絞りに畳み込んだ様に描いた。色は赤に描いた。紫に描いた。凡てが銀《しろかね》の中から生へる。銀の中に咲く。落つるも銀の中と思はせる程に描いた。——花は虞美人草である。落款は抱一である。

（十九）

赤い花、藤尾の花はこれが最後である。そもそも虞美人草は、かの中国の美女虞の亡骸《なきがら》から生えてきた花とされている。クレオパトラたる藤尾の仏前にふさわしい花といってよかろう。私はそう思って、これまで読んできた。しかし、この虞美人草はただそれだけの花なのだろうか。「柳暗花明の頃」この作品を再読してみて、これが分からなくなった。ここの虞美人草は小夜子の花と読んでもいいような気がしてきたのである。

あるいは漱石は、藤尾のような女性をしんからは嫌いきっておらず、藤尾を「只珍らしい丈」のクレオパトラのまま、終らせるには忍びなかったのではないか。逆にいえば、小夜子のような、ただおとなしいだけの女性を、必ずしも最上のものとして評価してはいなかったのではないだろうか。

もう一度、虞美人草の描写を仔細に見てみよう。これはもはや、それまでの藤尾の花、ただ赤いだけの「仏見笑」の如き花ではない。すでに「梅に、桜に、桃に、李に」、そういう「春に誇るものは悉《ことごと》く亡」んでいる。その証拠に、この虞美人草の姿態は「柔婉《なよやか》」で、その「薄い弁《はなびら》」は「ひら〳〵と落つる許に軽」い。

艶やかな花を咲かせる一方で、野草の面影をも残しているひなげしの姿をもって漱石はこの作品を閉じた。藤尾は依然絢爛たる色を保ちながらも、死してその性、小夜子の美質をとり込み、理想に近づいたかのようである。

朝顔と漱石

僕は僕の前に坐つてゐる作《さく》の姿を見て、一筆《ひとふで》がきの朝貌《あさがほ》の様な気がした。

（『彼岸過迄』）

夏目漱石の小説の中で、朝顔はそう大事な役割をもって現われることはない。右に引用した『彼岸過迄』（明治四十五年）に見られるような比喩としてか、あるいはもう一篇、『行人』（大正元〜二年）での「父」のエピソード、始めて一年限りで止めてしまう「変わり種」の朝顔の栽培の話に登場するくらいである。物語のうえで重要な位置を占めるでもなければ、重要な暗示を秘めているわけでもない。ところが、この二つの朝顔は、奇しくも漱石の時代と現在との意外なギャップを示している。

今日の朝顔のイメージは、清楚、夏の朝の爽やかさ、といったものだろうか。この点、『彼岸過迄』で複雑な自意識にとらわれた知識人、須永が素朴な世界に生きる下女の作を形容した「一筆がきの朝貌」という比喩は、現代においても通用するものと言える。おそらくこのイメージは、江戸中期の作とされる「つるべ取られて」の頃から変わっていないのではないか。そしてそれは、垣根に巻き付いた小振りの朝顔のイメージであろう。それも花の色は青か空色でなくてはいけない。確かに「一筆がき」の風情である。

ところで、朝顔の種子をいま花屋で買おうとすると、それは大抵垣根用の品種と大輪咲とに大別されている。普通庭にまいて楽しむのは垣根用の品種であろう。これは「一筆がき」タイプで、小振りのかわりに多数の花をつける。

今一つの大輪咲は、夏に花屋の店先や朝顔の品評会で見かける行灯《あんどん》作りや切込作りの鉢植えの朝顔として見かける。こちらは花も「一筆がき」と言うよりはかなりふくよかで豊かであり、花色も多様で絞りや吹き掛けの入ったものが多い。径も二十センチ余りある。葉には多く斑が入っており、垣根の朝顔とはかなり印象が異なる。現在朝顔といえば、したがって、「一筆がき」タイプの小輪の垣根作りの朝顔か鉢植えの大輪咲かを考えがちである。

しかし、『行人』で「父」が人に勧められて育て始めたのは、そのどちらでもない、奇妙な朝顔である。

> 父は其年《そのとし》始めて誰かゝら朝貌《あさがほ》を作る事を教はつて、しきりに変つた花や葉を愛玩《あいぐわん》してゐた。変つたと云ても普通のものがたゞ縮れて見立《みだて》がなくなる丈《だけ》だから、宅中《うちぢう》でそれ

を顧《かへり》みるものは一人もなかつた。

　この朝顔は「厭《いや》に拗《す》ねた花の様《さま》や葉の形」で、そのため「自分」は「父の気に入るやうな賛辞を呈して引き退《さ》がつた」後、「父の聞えない所で」「何《ど》うもあんな朝貌を賞《ほ》めなけりやならないなんて、実際恐れ入るね」と言わないではいられない。そんなふうに一種奇態なものである上に手間がかかるため、「実は朝貌もあまり思はしくないから、来年からはもう止《や》めだ」と言いだす始末である。

　タネ明かしをすれば、『行人』のこの朝顔は、垣根の朝顔でもなく、いわゆる大輪咲でもない。花の形はおろか葉の形にいたるまで普通の朝顔とはかけ離れた様子をしている変化咲朝顔（変わり咲朝顔）と呼ばれる品種群なのである。これらの系統は現在でも少数の好事家によって維持されているが、滅多に目に触れる機会がない。しかし漱石の時代には、町の朝顔の品評会にでかければ、必ずこれを見ることができた。逆に、今日見るような大輪咲は当時まだ黎明期。現在のような超巨大輪咲はまだ出現していなかった。

　朝顔が中国から日本に入ってきたのは奈良時代らしい。当初は薬草として用いられ、花の色も薄い青の一色だけであった。いろいろな色変わりの品種が出だしたのは江戸時代になってから。花色のバリエーションが増えると育てる人間の数も増えるせいか、花の色ばかりでなく形も変わった、さらには葉の形も変わったいわゆる変化咲も次々と出現するようになる。その後の変化咲朝顔の歴史を、渡辺好孝氏の「朝顔と日本人」（自然の友社刊『朝顔　つくり方と鑑賞』所収）を参考に、『行人』の書かれた大正時代まで追ってみると、次のようであったらしい。

まず、第一流行期は品種の揃ってきた文化・文政の頃に始まった。しかし、これは天保の改革で質素倹約が奨励されると下火となる。変化咲流行の盛衰は、面白いことにこうした国家や社会の変化に敏感で、その後も明治維新や関東大震災、世界大戦がそのつど流行を終焉させてきた。これは、一言でいえばその栽培維持に大変手間がかかるためである。

変化咲朝顔は江戸時代も末期の嘉永・安政に入ると、再び流行期に入る。この第二流行期には、さらに品種が増え、大名や僧侶を中心に一般庶民にまで愛培家が広がった。北町奉行の鍋島内匠頭《たくみのかみ》直孝は朝顔大名と呼ばれたほどの、力の入れようであったという。

この流行が明治維新で終ってからはいくつか小規模な盛衰があったが、次の本格的な流行期は明治三十五年頃からであった。これは第二流行期をしのぐ規模で、大輪咲に徐々に座を奪われながらも大正十二年の関東大震災まではかなりの隆盛であったらしい。

『行人』が書かれた大正一年から二年にかけては、まだこの変化咲全盛期であった。つまり、『行人』の当時の読者にとって、「父」の育てた「変つた」朝顔は身近な流行り物だったのである。もっとも、そうした変化咲流行期でもそのへんの路地や垣根に巻き付いていた朝顔は、品評会に出すような鉢植えの朝顔と違って野生種に近い、小さな単簡な形の花のものであったことに変わりはない。それが『彼岸過迄』の「作」のイメージである。これは今後も変わらないであろう。

ではなぜこの変化咲朝顔は今ほとんど見られなくなったのだろうか。

その理由は『行人』の中でも触れられている。一つは、珍奇すぎて一般には「厭に拗ねた」ふうに見えること、今一つは「あんまり手数が掛《かか》るんで、御父《おとう》さんも根気が尽きちまつた」とあるように、品種の維持に非常に手間がかかるからである。

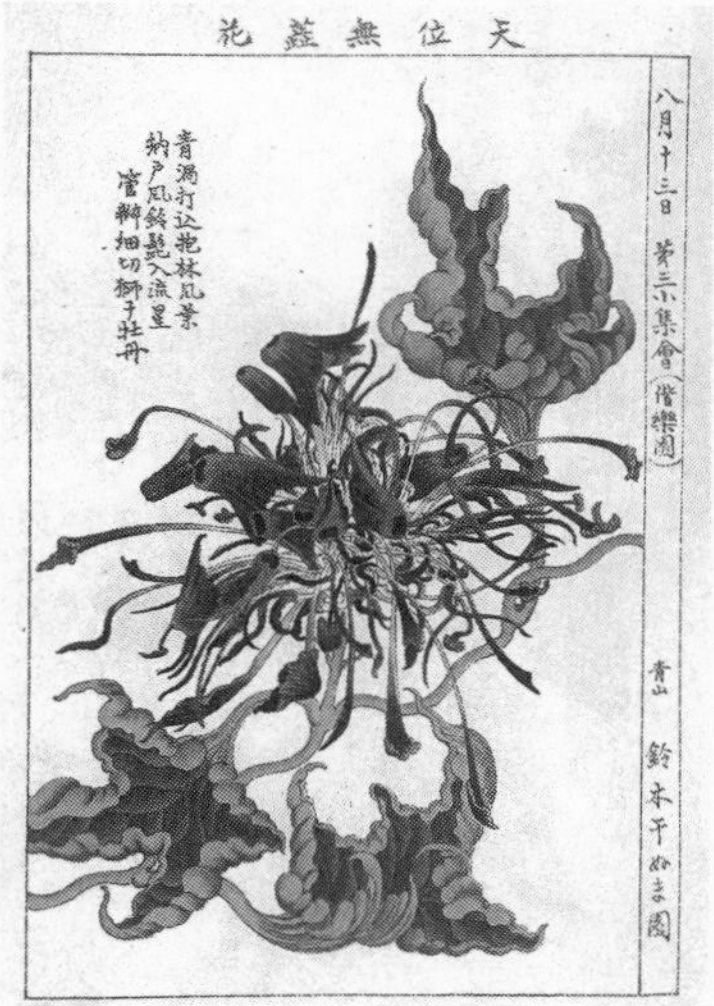

変化咲朝顔（『大正三年度 東京朝顔研究会会報』より）

普通、種子をまいて育てる一年草は、その年に咲いた花の気に入った株から種子を取ってまけば、翌年もまた同じ花が見られる。『彼岸過迄』の朝顔はこれである。ところが、変化咲朝顔の一流品種の多くは、変わった形になるようにはたらく遺伝子の多くが生殖能力をなくすようにもはたらくため、全く種子ができないのである。そこで来年同じ花を見るために栽培家は、その株の兄弟の中で、平凡な花を咲かせて生殖力旺盛な株を選び、それらから出来るだけ沢山種子を採るようにする。こういう兄弟の中には、今年気に入った株のような子孫をある確率で生む遺伝を受け継いだものがいるからである。このとき間違って本当に何のとりえもない兄弟を拾ってしまうと、来年は普通の朝顔しか生えない。かと言って、すべての兄弟を育て、そのすべてから種子を採ったのでは場所や労力がいくらあっても足りない。良い兄弟を選んで後は思い切って捨てること、兄弟ごとになるべく沢山種子を採ること、そして翌年優れた株を確かめること、普通の朝顔の栽培の手間に加えて変化咲の栽培にはこうした手数が必要なのである。

ところで優れた品種は理想的な兄弟からどのくらいの確率で出るのだろうか。それに答えるのがメンデル遺伝学である。

たとえば「総風鈴獅子牡丹」と呼ばれるタイプの花を咲かせるには、少なくとも「獅子」という遺伝子と「牡丹」という遺伝子を一対ずつ持たなくてはいけない。このとき理想的な親株とは、獅子の遺伝子と牡丹の遺伝子を一つずつ持っているが、それぞれ正常な遺伝子を対に持っているため、正常に種子ができる株である。このような親の子供から総風鈴獅子牡丹が出る確率は四分の一の二乗で十六分の一である。つまり種子を十六粒まくと一本出るか出ないか、というわけであるから、優れた兄弟を選ぶこと、それらから出来るだけ種子を採ること、の重要性はお分かり頂けよう。つまり一本の逸品を維持するためには最低で十六粒の種子、さらにその御曹司が途中で枯れてしまう危険率を見込んで、その二、三倍の四、五十の種子を一本の親から採るとしよう。それが本当に親としてふさわしいかどうかは次の年になってみないと分からないから、親を五、六本選ぶとすると、ゆうに二、三百の種子を採らなければならない。一品種についてこれだから、種子の量と質の問題だけとっても大変である。「父」が「あんまり手数が掛る」と「苦笑ひ」をしたのも無理はない。第二次大戦のさなかに失われた品種が多いのも、実にこのためである。

　これほど手間がかかったのでは、いかに相当の時間的、精神的、金銭的余裕を持った「父」といえども、根気が続かなかったに違いない。一年で音をあげたのも、やはりと言うべきであろう。

　『行人』の中での朝顔のくだりは、小説本文中に「こんな瑣事《さじ》」とあるように、作品の中では一寸したエピソードに過ぎない。しかし、それはまた、かような変わり物に手が出せ、世話ができる「父」の時間的、精神的、金銭的余裕を持つ地位と、一年限りで「来年からはもう止めだ」という、一種のゆとりというか執着心のなさを表現するためだったのではないだろうか。

　漱石の作品に出てくる小道具には、いろいろな要素が含まれている。額面どおり「瑣事」とばかり受けとるわけにはいかない。

（『図書』一九八九年六月号「漱石の朝顔」を改題）

毒草を活けた水を飲む事　鏡花・漱石

以前秋に、体験教室の一行が「自然」に親しませるべく小学生らを連れて山に入り、食中毒を起こすという事件があった。どんぐりと誤って樒《しきみ》の実を入れたパンケーキを焼いて食べ、樒の実に含まれるアニサチンによって一時重体となるほどの中毒を招いたのである。これには、原因はドクウツギ中毒と思われる、という中毒の専門家の、大変な季節はずれの説が報道されるというおまけまでついて、日本人が生の自然に対していかに知識不足か、多面的に露呈した事件でもあった。昨今は、こういうことは植物好きの都会っ子に聞いたほうが確かである。彼らにドクウツギ説の記事を読ませれば、直ちにそんな筈はない、何かの間違いであろうと断言するに違いない。ドクウツギの実は夏みのるものだし、ドングリと見誤るような姿形ではないからである。案の定、翌日、原因はシキミであったという記事と、別の専門家のコメントが出た。

さてこの樒、今でも地方によっては続いているように、昔は香気成分として含まれるサフロールを利用して線香の原料としたり、あるいは仏前に供えるのに使うといった習慣があった。それだけに昔は知名度も高く、毒であることもよく知られていた。例えば泉鏡花の『芍薬《しやくやく》の歌』（大正七年）では、その毒の溶けた「竹筒《たけづつ》の水」を「覚悟で飲まうと」する「幾世《いくよ》」をとどめる「お常」の言葉にこうある。

「串《じよう》、串戯《じようだん》ぢやありません。御存じでないのでせうか、墓所《はかしよ》の溜水《たまりみづ》は、何処《どこ》のでも、樒《しきみ》の枝だの実だの、幾日《いくか》となしに雨と一所《いつしよ》に朽ちたり、腐つたりして居ますからね、大毒《だいどく》なんです、生命を奪《と》るんです。」

『二人連』（大正六年）にもこういうせりふが出てくる。

「（略）樒の実の雨水に朽ちたのは、人を殺す毒と聞きつゝ、此の手を其処《そこ》へ触《さは》つちや、一思《ひとおも》ひに、掬《すく》つて、私は自分ながら、うつかり飲みさうで成らないから。」

本草学が頼りだった時代には、樒はもっともよく知られた大毒の一つだったのである。『芍薬の歌』の場合は、飲むものが毒と承知のうえで飲もうとするわけだから、飲んだとすればそれは事故ではなく、その意味するところは自害であって、疑う余地がない。ところが他の小説には、自害を目的とはせずに毒の溶け込んだ水を飲む、という不思議な場面も見受けられる。たとえば、やはり鏡花の『第二菎蒻本』（大正三年）。事情あって長い間会えないでいたお染が、予想もしない夜分に、俊吉を訪ねてくる。驚く俊吉に、お染は不思議なことを言いだす。

「願《ねがひ》が叶《かな》つたわ、私。……一生に一度、お前さん、と然《さ》うして、お酒が飲みたかつた。あゝ、嬉しい。余り嬉しさに、わな〳〵震《ふる》へて、野暮なお酌をすると口惜《くやし》い。稽古をするわ、私。……一寸《ちよつと》其の小さな掛花活《かけはないけ》を取つて頂戴《ちやうだい》。」

「何《なん》にする。」

「お銚子を持つ稽古するの。」

「狂人《きちがひ》染《じ》みた、何だな、お前。」

「よう、後生だから、一度だつて私のいひなり次第に成つた事はないぢやありませんか。」

「はい〳〵、今夜の処《とこ》は御意《ぎよい》次第。」

其処が地袋《ぢぶくろ》で、手が直ぐに、水仙が少しすがれて、摺《ず》つて、危《あやふ》く落ちさうに縋《すが》つたのを、密《そつ》と取ると、羽織の肩を媚《なまめ》かしく脱掛《ぬぎか》けながら、受取つたと思ふと留める間もなく、ぐ、ぐ、と咽喉《のど》を通して一息に仰いで呑んだ。

「まあ、お染。」

「だつて、こゝが苦しいんですもの。」

と白い指で、わな／＼と胸を擦《さす》つた。

「あゝ、旨《おいし》かつた。さあ、お酌。否《いゝえ》、毒なものは上げはしません、一寸、たゞ口をつけて頂戴。花にでも。」

「まゝよ。」……構はず呑まうとすると雫《しづく》も無かつた。

ここは、仮に水仙が毒草であることを別としても、それが「すがれ」ているくらいだから、悪い水には違いない。やはり、毒と読むのだろうと思う。しかし、直前直後の文脈からは、ここでお染が自害する理由は見当たらない。この不思議な行動の理由は、しかし続けて読んでゆくと間もなくわかる仕掛けになっている。ここに現われたお染は、嫉妬深い「旦那」に短刀で嬲《なぶ》り殺しにされた、その浮かばれぬ霊なのである。幽霊にとってならば、これは毒ではない。別れの水杯なのである。お染はその毒の水を一人で「雫も無」く飲み干すことによって、毒杯によって俊吉と巻き添え心中することを回避し、純粋な水杯としたと読める。二人はそれで共に救われているのであり、そうでこそ、作品最後の回向の場に移ることができる。

毒草を活けた水を飲む場面で有名なのは、しかし何と言っても夏目漱石の『それから』(明治四十二年)である。ここのシチュエーションは『第二菎蒻本』に酷似している。ここで三千代が代助の宅を突然訪ねて来て、花を活けた水を飲むところも同じなら、その花が鈴蘭で、香をもつ毒草であることも同じである。あるいは『それから』は、『第二菎蒻本』の先の場面の下敷きになったものかも知れない。場面を紹介しておくと、高等遊民の生活を送っている主人公代助の家に、代助の友人に嫁いだ三千代が一人でやって来る。代助は神経を休めるため、北海道土産に友達からもらった鈴蘭を鉢に活け、香りをかぎつつ昼寝をしていたのだが、三千代はその鉢の水をコップで掬って飲んでしまう。それを聞かされて驚く代助と三千代の会話。


「何故《なぜ》あんなものを飲んだんですか」と代助は呆《あき》れて聞《き》いた。

「だつて毒《どく》ぢやないでせう」と三千代は手に持つた洋盃《コップ》を代助の前へ出して、透《す》かして見せた。

「毒《どく》でないつたつて、もし二日も三日も経つた水だつたら何《ど》うするんです」

「いえ、先刻《さつき》来た時、あの傍迄《そばまで》顔を持つて行つて嗅《か》いで見たの。其時、たつた今其鉢へ水を入れて、桶《おけ》から移した許《ばかり》だつて、あの方《かた》が云つたんですもの。大丈夫だわ。好《い》い香《にほひ》ね」

代助は黙つて椅子へ腰を卸した。果して詩の為に鉢の水を呑んだのか、又は生理上の作用に促《うな》がされて飲んだのか、追窮する勇気も出なかつた。よし前者とした所で、詩を衒《てら》つて、小説の真似なぞをした受売《うけうり》の所作とは認められなかつたからである。

『それから』のこの場面は象徴的な意味が強いとされていて、それを読み解こうとする努力は多くなされてきた。たとえば江藤淳は、これを「〝青春の復活〟を象徴する祭儀」であって、「同時に〝死〟の毒杯を仰いだ」ものであるとした。

トリスタンとイゾルデである。江藤氏のこの説が出て以後、この路線と似たような解釈は跡を絶たない。各大学の文学部紀要を見ると、その手の論文が沢山目につく。研究が盛んなのはいいのだが、そうした中には、根拠のはっきりしない花言葉などを漱石自身の意図であるとして援用していることから、実体を見たこともないままに（したがって状景を想像しないままに）机上の象徴論をしていることが明らかなものも見受けられる。実際、そうしたものでは「白百合」にしろ鈴蘭にしろ、実物を知っていたら言うはずのないことを論じているものが多い。

小説の小道具としての植物を知らないのはともかくとしても、それならせめて、専門の文学の立場から、「詩を衒って」の「詩」や、「小説の真似なぞ」の「小説」の指すところなどは、それぞれ何を指しているのかくらいは把握してから論じるべきだと思うのだが、これも意外に手薄なようだ。

その上で、様々な論者が、様々に毒だ、媚薬だと論じているが、実物をよそに象徴ばかり追って大丈夫なのだろうか。そのくらいなら、後に三千代が病に倒れるのは、この時の毒が原因なのではないだろうか、とか、生真面目に鈴蘭の毒成分たるコンバラトキシンの花における濃度（かなり高く、約〇・五％と言われている）と、推察される鉢の大きさ、切り口からの毒素の溶出速度とから計算し、中毒するくらいの毒が鉢の水に解けだすためには、「桶から移し」てから何時間放置してあった事にしなくてはならない、とか論じてみるほうが、実際に即している点、まだしも愛敬があるというものだろう。象徴を論ずるということは、いうまでもなく、登場するモノについて正確に把握した上ですべきことである。

　三島由紀夫は「小説とは何か」という文章の一節でこう書いている。すなわち、「私が『舞良戸《まいらど》』とだけ書い」た時、「ただちにその何物なるかを知り、そのイメーヂを思ひ描くことのできる読者こそ、『私の読者』であり、あなたはこの小説のこの部分において、古い一枚の舞良戸がいかなる芸術的効果を発揮してゐるかを知り、かつ、それは必ず舞良戸であるべく、ガラス戸であつてはならないといふ芸術的必然を直感することのできる幸福な読者である」と。

　初めに挙げた事件は、シキミとドングリのような以前なら誰にでも区別できたものについての知識を欠いたまま、観念的に自然に親しもうとした結果生じた過ちだった。これに限らず、最近は実物（モノ）についての正確な知識や体験以前に、「自然」といったさまざまな観念や象徴を乱用しすぎるように思う。「野性動物」とか「野性に返る」とかいうまことに不思議な文字遣いが氾濫するのは、ファッションとして口先でとなえているだけだからとしか思えない（これらは、本来「野生」と書くべきものである）。「〈野性〉生物の保護」を社説で訴える新聞を、私は信用しない。象徴にしろ実体のあるものにしろ、不充分な知識をもって乱暴に扱うと事故に遭いかねないのは、樒に限ったことではないのである。

泉鏡花描く紅茸

日本が茸の豊富な国だとはとんでもない、と朝日新聞のコラムで作家の高橋治氏が書いている。たった三、四種の決まり切った種類の茸が季節も何もなしに出回っているだけの国のどこが、というのが氏の趣旨で、私も同感である。しめじといって売っているのを買えば実はヒラタケの栽培品で、それならといって今度はほんしめじというのを買えば、これがシロタモギタケの栽培品種というのだから目も当てられない。ニセしめじしか手に入らないというのに、そして松茸は高嶺の花ときているのに、「匂いまつたけ味しめじ」という文句だけは人口に膾炙《かいしゃ》している。

まだある。ナメコといえば、まだほんのつぼみの、それも水で煮て味もしなくなったようなのばかり。ナメコの大きく膨らんで堂々としたやつの、焼いたりバタ炒めにした味をほとんどの日本人は知らない。エノキタケも沢山売っているけれどモヤシエノキタケばかり。光を浴びて茶褐色に育った、匂いのきついエノキタケとなると、味はおろか目の前にぶら下がっていても恐らくだれも気が付かない。

いったい、毒でもなければ特においしくもない茸となると、どんなに美しくても相手にされないのはどうしたことだろう。この点は、食用ならずとも美しくさえあれば、その価値が認められるようになって久しい植物との、大きな違いである。

そもそも、毒きのこと食べられるきのことを正しく区別できる人はどれだけいるだろう。縦に裂けるのだの赤くないのだのと、なんの役にもたたない俗信ばかりはびこっている。茸と見ると触るのも怖がる人の何と多いことか。アウトドアブームにのってきのこ狩りが少しはやりだすと、途端に中毒事件が増えるのも、まだ茸に関して日本人がそういう誤解を払拭できていないからであろう。

そんな背景があってか、日本の近代文学作品の中では茸にほとんどお目に掛かることがない。食事の場面には鍋か何かになってマツタケなどが出てくることもあるかもしれないが、葱やら春菊やらには負けている。

それでもあれこれ作品を見ていくと、皆無ではない。三島由紀夫や泉鏡花の作品では「生きた」茸に出会うことができる。とりわけ泉鏡花の場合は、茸が大事な場面に出て来る作品をいくつも残している。しかもその扱いが食べるものとしてばかりでない点から言っても例外的といってよい。鏡花の特徴は、茸を人間の喩えに使うところで、たとえば人間に絶望した親子を中心に据えた作品、『化鳥』（明治三十年四月）ではこんなユニークな表現が出てくる。

釣をしてますのは、ね、先生、とまた其時《そのとき》先生にさういひました。あれは人間ぢやあない、蕈《きのこ》なんで、御覧なさい。片手《かたて》懐《ふところ》つて、ぬうと立つて、笠を被《かぶ》つてる姿といふものは、堤防《どて》の上に一本《いっぽん》占治《しめ》茸《ぢ》が生えたのに違ひません。

夕方になつて、ひよろ長い影がさして、薄暗い鼠色の立姿《たちすがた》にでもなると、ます／＼占治《しめ》茸《ぢ》で、ずつと遠い／＼処まで一《ひと》ならびに、十人も三十人も、小さいのだの、大きいのだの、短いのだの、長いのだの、一番橋手前のを頭《かしら》にして、さかり時は毎日五六十本も出来るので、また彼処此方《あっちこっち》に五六人づゝも一団《ひとかたまり》になつてるのは、千本しめじッて、くさ／＼に生えて居る、それは小さいのだ。木だの、草だのだと、風が吹くと動くんだけれど、蕈だから、あの、蕈だからゆつさりともしませぬ。これが智慧があつて釣をする人間で、些少《ちっと》も動かない。其間に魚《うを》は皆《みんな》で悠々と泳いであるいて居ますわ。

『化鳥』では釣人の喩えなのでシメジしか出てこないが、鏡花はしばしば、女性に関しては茸の中でも紅茸（ベニタケ）で喩えることを好んだ。

たとえば、『茸の舞姫』（大正七年四月）という作品がある。この作品の主人公、杢若《もくわか》は八、九年前に「天狗に攫《さら》はれ」て「以来、未だ嘗て火食をしない」。「多くは果物を餌とする」が、菜食主義というわけではなく、小鳥でもなんでも生で食べる。ただし杢若の母は

「人魚になつた」と伝えられるように、彼等母子には魚に縁のある魔がさしているらしく、「但、魚類に至っては、金魚も目高も決して食はぬ」。そんな杢若が「最も得意なのは、もう一つ茸で」、「此にばかりは、露のやうなよだれを垂し、『牛肉のひれや、人間の娘より、柔々として膏《あぶら》が滴る……甘味《うまい》ぞのッ』」と言うとある。ここでまず、彼にとっては「人間の娘」と茸とは同等であるということが暗示されるわけである。

　このことは、しばらく読み進むとより明らかに示される。すなわち、その杢若が売る「いろ〳〵の虫の死骸」で彩られた蜘蛛の巣は、杢若が言うには「お姫様が着さつしやる」もの、そのお姫様は「紅茸」で、「薄紅うて、白うて、美い綺麗な婦人」だという。さらに、その侍女《こしもと》も「矢張《やっぱ》り、はあ、真白な膚に薄紅のさした紅茸だあね。おなじものでも位が違ふ」とあるから、完全に彼の世界にとっては娘と紅茸は等価なのである。

　この関係は杢若の頭の中での話にとどまることなく、話が進行するにつれて、ついに現実世界を侵し始める。まず裸になって杢若にこの蜘蛛の巣を求める「廓の芸妓三人」が現われ、これに続いて「十日を措かず」一人の「町内の娘」が「白昼、素裸に成つて格子から抜けて出」ていってしまうという事態に発展する。ついには、「市の町々から、やがて、木蓮が散るやうに、幾人となく女が舞込む」に至るのだから、これはひどい。この近辺ではついに、若い女性は皆、杢若の魔界に自ら飛び込んで人間ならぬ身、紅茸となってしまうのである。しかし、それにしても鏡花は紅茸で何を象徴させたつもりなのだろうか。

紅茸の意味を読み解くには、もう一つ『木の子説法』（昭和五年九月）の例を見るのが適当であろう。この小説では、上演される狂言が観客の一樹《いちじゅ》の回想話と互いに近接して行く過程があり、その間に多数の茸の名があげられる。これらの茸はあまり重要ではないが、クライマックスの紅茸は鮮烈である。山伏の役に扮するお雪が、以前に一樹との間にもうけていた「不義の子」の登場をきっかけとして、舞台上にありながら現実に引き戻される場面、この現実と狂言とが融和したところで、お雪は自分をさして最後にこう言い残す。

「お客さん――これは人間ではありません。――紅茸です。」

ここでお雪は、不義を公の場で露呈してしまった以上、もはや人ならぬ身となっており、舞台にあって紅茸なのである。

この二つの作品に共通する、紅茸が人の道を踏み外した女性の化身だという構図に注目したい。その基底には、どうも、鏡花が紅茸の色彩の美しさに着目していたこと、さらに、紅茸を毒きのこと誤解していたことがあるようだ。毒だと思っていた証拠に、登場人物の本若によれば、「二人の婦人」（＝紅茸）は、「毒だ言ふて川下へ流されたのが遁《に》げて来た」ものであるし、「予」の茸狩りで始まる明治三十年七月発表の作品『清心庵』には、次のようにはっきりと毒だという記述が出て来る。

「え、お前様、其奴《そいつ》あ、うっかりしようもんなら殺《や》られますぜ。紅茸といってね、見ると綺麗でさ。それ、表は紅を流したやうで、裏はハア真白で、茸の中ぢやあ一番うつくしいんだけんど、食べられましねえ。（中略）」

明らかに、鏡花は紅茸を美しいと感じ、その一方で猛毒とも思っていたのである。だからこそ紅茸は、作品においては、人ならぬ身となった美しき女性の化身として用いられたのであろう。きれいな薔薇には刺があるというわけである。

ベニタケ属（*Russula*）に属する茸には実に多数の種類があって、藍色あり、白あり、黄あり、緑ありと色とりどりの上に、中には猛毒の種類もあるが、しかし、代表的な、その名の通りの紅のものはまず無毒と思ってよい。中でも鏡花の表現「表は紅を流したやうで、裏は」「真白」で、「真白な膚に薄紅のさした紅茸」に一致し、しかも最もよく見られる種類は、ヤブレベニタケやニオイコベニタケ、ヒナベニタケである。いずれも艶な婦人の喩えが当を得た実に美しい茸ではあるが、いずれも無毒である。なかにドクベニタケというのがあって、生で食べるとあたるというが、それもあまり強い毒ではないらしい。紅茸が猛毒だというのは誤解に基づくものである。

それなら鏡花のいう紅茸は、ベニタケではなく赤い毒きのことして有名なベニテングタケのことではないかと考える向きもあるかも知れない。しかし、この種はベニタケの類と形状・色彩・模様すべてにわたって大きく異なり、鏡花の用いた表現に一致しないし、そもそもこれも大して強い毒を持っていない。一般に、紅い茸に猛毒があるというのは必ずしも当てはまらない迷信なのである。

『清心庵』には「予が茸狩らむとて来りしも、毒なき味の甘きを獲て、煮て食はむとするにはあらず。姿のおもしろき、色のうつくしきを取りて帰りて、見せて楽ませむと思ひしのみ」とある。茸を実用ではなく鑑賞のためだけに採集するという先駆的な態度の持ち主だった鏡花のこと、紅茸が毒でないと知ったとしても、その美しさだけで充分その価値を認めたであろうことは確実である。それだけに、紅茸が猛毒だという俗信を鵜飲みにしていたらしいのが惜しまれる。

しかし、作品そのものについていえば、艶やかな色の紅茸に毒がないのでは、若い女性が人間界の掟から逸脱してしまった時の、あるいは魔がさした時の化身としては迫力が表現できなくなってしまう。ここはやはり毒だという前提が必要である。もっとも、鏡花が一方で、本来は自分の身を守るすべを持たない弱い存在としての側面を、女性に想定していたのであれば、美しく毒がありそうでいて、実は無毒という事実も暗喩として生きてこよう。ここは読む人それぞれというところだろうか。鏡花は茸に関して先駆的な視点を持った作家だったといってよかろう。

（『図書』一九九〇年一〇月号）

「ごんごんごま」とは？

「ごんごんごま」という植物を御存じだろうか。

　泉鏡花の短篇の中でも代表的な作品、『二、三羽——十二、三羽』（大正十三年）には、その奇妙な名前の植物が出てくる。そういわれてもこの名には覚えのない方がほとんどであろう。この作品では、雀と主人公ら人間たちのふるまいを中心として読まれるのが普通だからだ。しかし、「ごんごんごま」採集談は実に全体の四分の一程を占めているばかりでなく、この作品の要《かなめ》、いかにも鏡花作品の登場人物らしい不思議な人物と主人公との交流も、このごんごんごまが取りもったものなのであるから、その役割は小さくない。しかも、主人公の「私」はこの植物をいたく気に入っている様子である。しかしこういう標準和名をもつ植物は知らないから、これは俗称であろう。このごんごんごまの正体はなんだろうか？

　こういう場合、前後の描写から正体を割り出すのはふつう比較的簡単である。たいがいの作家は、それほど身近でない植物を小説に起用しようとはしないものだし、植物学者のそれとは視点が違うものの、特徴はそれなりにきちんと捉えている。したがってそれを総合してみれば、たとえ間違った名前で呼んでいたとしても、容易に正体が分かるものである。ところがこのごんごんごま、鏡花の書いた描写をいくら丁寧に読んでも、私にはその正体が何だかさっぱり分からない。これほど正体のわからない植物に、一般読者を相手とした小説で出会うというのは、滅多にないことである。しかも、特徴がほとんど書かれていないのならともかく、たとえばこのごんごんごま採集談のくだりは、「七月の末」に探しにでたところで始まるので、この植物は夏に繁茂するということも分かる。また形態の描写も豊富なので、それでも見当すらつかないというのは我ながら不思議である。が、逆説的だが問題は、実にその豊富な描写にあるので、その描写がちっとも読者の理解を助けてはくれないことにあるのである。その描写を引用する前にまずは、「ごんごんごま」への鏡花の熱烈な賛辞を掲げておこう。

何となく、其処等《そこいら》屋敷町の垣根を探して（ごん／＼ごま）が見たかつたのである。此《こ》の名からして小児《こども》で可《い》い。――私は大好きだ。スヾメノエンドウ、スヾメウリ、スヾメノヒエ、姫百合、姫萩、姫紫苑《ひめしをん》、姫菊の﨟《らふ》たけた称《となへ》に対して、スヾメの名のつく一列の雑草の中に、此《こ》のごん／＼ごまを、私はひそかに「スヾメの蠟燭」と称して、内々贔屓《ひいき》で居《ゐ》る。

この後に続く文章ではいよいよ、「ごん〳〵ごま」について「盂蘭盆《うらぼん》のその月は、墓詣《はかまうで》の田舎道、寺つゞきの草垣に、線香を片手に」「摘《つ》んだ思出の可懐《なつかし》さがある」と語られる。それだけ懐かしいものだのに、「あの、珊瑚を木乃伊《みいら》にしたやうな、ごん〳〵ごまは見当らなかつた」。

鏡花に親しんだ読者ですら、ここでの奇抜な比喩には驚かされることだろう。ところが、難解な比喩はこれだけにすまない。

「ないものねだりで、尚《な》ほ欲《ほし》い、歩行《ある》くうちに汗を流した」挙句にようやく見つけたその株は、「藪垣を、むかう裏から這つて、茂つて、またたとへば、瑪瑙《めなう》で刻んだ、さゝ蟹のやうな」ものだったというのである。「ささ蟹」といわれても今の世代は辞書を引かないと何のことやら分からないのだから、ましてそれを瑪瑙で刻まれてはもうお手上げである。瑪瑙というのは、その色を喩えているのか、それとも固さを喩えているのだろうか。大体、珊瑚を木乃伊にしたら、一体どうなるのだろう？　すでに珊瑚というのは、（ポリプを別にすれば）石、いわば木乃伊みたいなものではないか。読み方が悪いのか、想像がつかない。一体どういう意味を持たせた形容なのだろう。

「藪垣を、むかう裏から這つて」とある上に、この話の終り近くにも「その時摘《つ》んで来たごん〳〵ごまは、いつ何うしたか定かには覚えないのに、秋雨の草に生えて、塀を伝《つた》つて居たのである」とあることからして、「ごんごんごま」が蔓草なのは確かである。だが、それでいて珊瑚を木乃伊にしたようなというのは、矛盾しないか。そういえば「ささ蟹」というのがあった。これは蜘蛛のことだから余計面倒である。珊瑚を木乃伊にしたようであって瑪瑙で蜘蛛を刻んだよう、しかも垣根を向う側から這って通り抜けるような形というのが三次元で実現出来るのだろうか。どうも分からない。

そこで私は、描写から推察・同定するのは一旦諦め、「ごんごんごま」を辞書で引いてみた。ところが、大学の総合図書館に行きいろいろなものを引いてみたが、そういう言葉はいっかな見当たらない。たまに見つかることは見つかるが、それは江戸の言葉、回して遊ぶ独楽《こま》の一種を指す言葉としてである。その場合、それは唐独楽とも言うとある。それ以外の意味は記されていない。

とうごま、と読めば植物にも唐胡麻はある。蓖麻子《ひまし》油をとるあの蓖麻である。鏡花は駄洒落好きだったから、もしかして独楽を介してごんごんごま―唐独楽―唐胡麻―ヒマというなぞだろうか。しかしいくらなんでも、あの巨大なヒマを「線香を片手に」「摘」むなどというのは言葉の違和感が大きすぎる。そもそも蔓草でもない。これは考え方が間違っていたに違いない。ヒマ説はすぐに引っ込める。国語辞典は引き尽くした。

仕方がないのでもう一度、文中の表現に戻って同定を試みる。しかし、「珊瑚を木乃伊にしたやうな」、「藪垣を、むかう裏から這つて、茂つて、またたとへば、瑪瑙で刻んだ、さゝ蟹のやうな」という描写は、何度読み返しても難解でちっとも同定の助けにならない。これは実在のものではなく、想像上の植物なのではないだろうか？　いや、そういう結論は最後の手段、あせってはいけない。それぞれの文句をもう一度丁寧に読んでみよう。蜘蛛を瑪瑙で刻むというのは色のことだとすると、瑪瑙と珊瑚の共通色ということで赤系統の色であろうか。この際、珊瑚と蜘蛛との形の上での相違点には眼をつむろう。

珊瑚のような形で赤いというとすぐ思い浮かぶのはアッケシソウだが、これは分布が合わない。これに似たもので関東ないし鏡花の出身地金沢方面にも分布しているものというと同じアカザ科のハママツナ。しかしこれは海浜の砂地に生えるものだからちょっと考えにくい。大体からして、どちらも蔓植物ではない。

草姿全体が紅い蜘蛛のようでなくてもよくて、部分的にそうなのだとすると、ヨウラクホウズキの実の形などそういう感じがするが、果たして垣根を這って通り抜けるだろうか。また、瑪瑙でも珊瑚でもないが、垣根を伝い、通り抜け、茂る、それで蟹といえばカニクサという蔓性の羊歯《しだ》がある。しかし、瑪瑙や珊瑚やはどうしたらいいのか？　やはりお手上げである。

各地方の方言辞典を引いてみる。が、当てはまる言葉はない。植物の方言について非常にまとまった調査を行なった『日本植物方言集』（草本編、日本植物友の会編、八坂書房）にすら該当する言葉はない。強いていうとキカシグサのことをゴメゴメグサという地方があるようだが、これは水田に多い植物で、姿も鏡花の喩えに一致しない。

仕方がないので植物地理・分類学が専門で、植物の方言にも詳しい大場秀章助教授（当時。現在は東京大学名誉教授）に伺ってみた。いつものように最後の頼みとしたわけである。が、その大場先生も御存じないとのこと、万策尽きた感がある。

鏡花の研究書もあたってみたが、この言葉はとり上げられていない。だれもこの言葉を何とも思わずに読み過ぎていったのだろうか。

私は仕方なく、最後の手段にでた。この植物は鏡花の創造と考えることにしたのである。第一の理由は辞書の類にまったく見当たらないこと。第二の理由は植物の標準和名にも該当する言葉がないこと。第三に、描写されている特徴につかみどころがなく、明確な形状を思い浮かべられないこと。以上の理由により、「ごんごんごま」は鏡花の創造した架空の植物と考える、と。

すっきりしないながらも、とりあえずはこれで一件落着。そう思ったのだが、そうは行かなかった。ふと気がつくと、とんでもないところに伏兵がいたのである。

梶井基次郎、『冬の日』（昭和二年）の冒頭。

> 季節は冬至に間もなかつた。堯《たかし》の窓からは、地盤の低い家々の庭や門辺《かどべ》に立つてゐる木々の葉が、一日毎剝がれてゆく様が見えた。

　ごんごん胡麻は老婆の蓬髪のやうになつてしまひ、霜に美しく灼けた桜の最後の葉がなくなり、欅《けやき》が風にかさかさ身を震はす毎に隠れてゐた風景の部分が現はれて来た。

舞台は梶井がこの頃療養していた静岡の湯ヶ島温泉と思われる。ここにも「ごんごん胡麻」が独立に登場しているとなると、やはり実在の植物と考えざるをえない。まさか梶井が、鏡花の創作を承知で自作にさりげなくとり込んだというわけでもないだろう（それならそれでまた面白いが）。

また振り出しに戻ってしまった。

とはいえ、手がかりはひとつだけ増えた。「ごんごんごま」は常緑ではない。冬は枯れるのである。ただ、姿でいえば、鏡花の言うような、珊瑚を木乃伊にしたようであって瑪瑙で蜘蛛を刻んだよう、しかも垣根を向う側から這って通り抜けるような形の植物が、冬に枯れた時「老婆の蓬髪のやうになつてしま」うというのは理解を超えている。かえってどういう形のものなのか分からなくなった気配もないではない。

そもそも、二人の作家が言うこの二つが同じものという保証はない以上、実は、問題はかえって複雑になってしまったのかもしれない。しかしもし同一のものを指しているのならば、二人の作家が使っている以上、方言としては比較的広い地域で用いられていたということになる。それでいてしかも未採録の方言名であるということは、すでに使用頻度の低下していた方言だったのだろう。したがって今ではすでにこの言葉は滅びてしまった可能性も強いが、しかしまだどこかで、この言葉を使っている人がいるのではないか。その人は、ここで引用した二つの作品を隅々まで正しく読むことのできる幸運な、特権的読者である。願わくは、私もその一人となりたいものだが……。

ごんごんごまの本名

ごんごんごまの正体が分かった。

「ごんごんごま」という奇妙な名前の植物は前述のように鏡花の短篇『二、三羽――十二、三羽』（大正十三年）に登場する。詳細は原典（岩波文庫『鏡花短編集』に入っている）と前章とに譲る。簡単にいうと、この作品の主人公が捜し求めて歩く植物、これがごんごんごまなのである。こういう標準和名の植物はないので、まず正体が問題となった。その特徴はといえば、ここが鏡花流比喩の面目躍如たるところで、「藪垣を、むかう裏から這つて、茂つて、またたとへば、瑪瑙で刻んだ、さゝ蟹のやうな」「珊瑚を木乃伊にしたやうな」というもの。あまり凝った描写なので、想像が難しい。植物のどの部分を指した表現かも不明である。思い当たるような植物もなかった。

辞書で引いても、方言を含め「ごんごんごま」という名は記録がない。その他万策尽きて、鏡花の創造かと考え始めた矢先、これが梶井基次郎の『冬の日』（昭和二年）にもあることに気がついた。こうなると、実在の名前と考えざるをえない。しかし一方で「二人の作家が言うこの二つが同じものという保証はない以上、実は、問題はかえって複雑になってしまった」のである。かくしてこの件は迷宮入り。ここまでが本書単行本刊行時に収録した前章段階での状況であった。しかし、どうしても正体は知りたい。以上に述べた探索の過程を発表したのも、何らかの情報を期待してのことであった。

　幸い、この指摘に対して各方面より多種多様な説が寄せられた。そこで、それぞれについて検討したところ、あらゆる条件に合致するものは一つだけ、それも意外なものだった。拙著について取材に来られた大野浩子氏が伝えて下さった、ヤブカラシ説である。

　この植物、雑草中の雑草というべき粗暴なしろものである。それだけに都心でも容易に見つかるので、ぜひ確かめてほしい。実は、最初大野氏からヤブカラシ説を聞いた時、花が「七月の末」で「藪垣を、むかう裏から這つて、茂つて」となるのは当てはまるが、作品の可愛げなイメージとは合致しない、と私は一蹴してしまったのである。が、後ではっとした。

　鏡花の文章には「一列の雑草の中に、此のごん〳〵ごまを、私はひそかに『スゞメの蠟燭』と称して、内々贔屓で居る」とある。そういえば小さい頃の記憶の中でのヤブカラシの花は、実際「スズメの蠟燭」といっていい形をしていた。ヤブカラシの小さな、子どもの一生懸命の目にしかはっきりした形をなさない花、それも花被も雄しべも散り尽くして、雌しべだけが、蜜に光る橙《だいだい》の花床の上に白く太く突き出ている花。これを「スズメの蠟燭」と言わずして何であろう？　白く太い雌しべは蠟燭の芯、蜜に光る橙の花床は、芯のすぐ下、炎に熔けてつやつやと炎を映す蠟の色。それから、「珊瑚を木乃伊にしたやうな」というのは、複雑に枝分かれした花序の作りそのものである。分かってみれば、あれだけ難解と思われた表現も、皆ぴったりと納まる。そもそも、他の諸説はすべて、推定に過ぎなかったが、ヤブカラシ説は他説にはない決め手として、大野氏の九十になられる叔父、四方雄男氏の証言があった。東京の現在の新宿区で昔からこの植物が実際にごんごんごまと呼ばれていたことを知っているというのである（ただしご自身は別のものをごんごんごまと呼んでいたというが）。独楽花《こまばな》とも言うという。確かに蠟燭のほかに独楽にも見える。もう間違いあるまい。

　それにしてもどうして指摘されるまで思いつかなかったのか。植物の姿について正確を期した学術用の記載でも、その文面だけから形を思い描くことは非常に難しい。ましてここは鏡花の比喩である。難題なのは確かだった。

　しかし身近なこの草を候補にも思い付かなかった上、一旦は棄却してしまったのは、いかにもうかつであった。反省してみるに、これは視点が大人になってしまっていたせいである。ヤブカラシのつくる藪全体を均等な比率で見ていた。子どもの頃はそうではなかった。変わった形と色彩の花だけが強い印象で意識下に拡大され、太い蔓《つる》や大量の葉、いかにも暑苦しい繁殖力などは眼中になかった。むしろ可愛い花であった。そもそもこの花を見詰めたのは、盛んに蜜を吸いに来るアシナガバチやアゲハチョウなど、虫たちの視点を真似てのことであった。鏡花もまた、童心の視点のままにこの植物を見たのであろう。そういえば、この物語は雀から始まって、一貫して子どもの視点から描かれている。「此の名からして小児で可い」とある通りである。ごんごんごまの正体が読み取れなかったのは、ひとえに、このことが本当には分かっていなかったためであった。

作品に登場するものの名を見て、「ただちにその何物なるかを知り、そのイメーヂを思ひ描くことのできる読者こそ、『私の読者』であり」「幸福な読者である」と三島由紀夫は書いた。今では私も、鏡花の視点を得たこの「幸福な読者」である。ヤブカラシの未記録の俗称が発掘されるというおまけまでついて、収穫は上々であった。この場を借りて、情報をお寄せ下さった方々に感謝の意を表したい。

最後に一つ。実は、まだ問題は解決し切っていない。梶井基次郎の言う「ごんごん胡麻」は、ヤブカラシではない可能性が高い。なぜなら、『冬の日』にある「老婆の蓬髪のやう」という形容が、その冬の枯れ姿に当てはまらないからである。これについては、青田晟一氏と大谷五郎氏による「ガガイモ」説が今のところ有力と思われる。しかしこれも地方名が「ゴガミ」と似て非なるなど、決め手に欠けるため、他のものの可能性も否定しきれない。残る課題である。

（『文學界』一九九三年一二月号）

文庫版追記　その後、ひょんなことで「本業」としてヤブカラシを研究することになり、日本各地に加えアジア各国のヤブカラシを見て歩いた。以前は見つけ次第除草していたのだが、大事に株を持ち帰って育てたりしてみると、以前には気づかなかったことがいろいろ見えてくる。ヤブカラシと一つ名で言ってきたが、実は多種多様な系統からなることがわかってきたのはその一つだ。そうして熱心に見ているうちに、梶井基次郎の「ごんごんごま」も、ヤブカラシで良いのではないかと思うようになった。フェンスや立木に夏の間に旺盛に絡みついたヤブカラシのつるは、霜が降りると枯れ果てる。この時の状態は決して「老婆の蓬髪」には見えないが、放置しておくとやがて多汁質のその茎も、夜間の凍結と昼間の融解とを繰り返すうち、乾き果てる。その頃には葉もそれぞれ根本から散り果てるので、ジグザグに乾いた細いつるばかりが残ることとなる。ここまでくると、たしかに「老婆の蓬髪」だ。ガガイモ説はその実から放たれる大量の、真っ白な綿毛を根拠の一つとしたものだろうが、ガガイモの毛の純白の白の輝き、その滑らかな質感は作中のイメージとは合わない。ここはやはり、枯れた後に寒風にさらされて乾ききり、薄汚いつるだけとなったヤブカラシの藪のことだと解するのでよいだろう。

クロユリ登場

世の中というものは「豆知識」を繰り返し繰り返し語っているものである。そこからなかなか踏み出すことがない。このことは、子供の頃夢中になった対象に関することを思い起こしてみれば、だれしも思い当たることであろう。

ある時、あることに関心がつのる。その対象は、多くの少年が興味を持つ昆虫、例えばクワガタムシだったとしよう。まず子供は実物を集めることに夢中となる。飼育をする。さらにそれでは飽き足らず、今度はクワガタについて物知りになろうとする。手当たりしだいクワガタに関する記事・写真を見つけ出しては切り抜いて集めたりするわけである。ここまでは順調である。しかしそれからしばらくすると、雑誌にしろ本にしろ、どれもこれも同じようなことばかり書いてあることに気がつく時期が来る。子供にとっては、今や巷に溢れる豆知識で、知らないものはない。声さえ掛けてくれれば、短い記事なら自分で書いても良いくらいである。しかし、そうした機会は与えられない……。次第に記事集めにも飽き、しまいには、そもそもの発端たるクワガタに対する熱意も冷めてしまう。その頃には新しい関心事が生れている。後はその繰り返しである。「清兵衛の瓢箪」である（あれは外圧で熱意が冷めるのだが）。

関心の対象こそ違え、こういった経緯をたどったことのある人は多いに違いない。

一体、世の中には入門書と専門書は溢れているが、その中間を結ぶものがあまりに希薄なのである。子供のころの夢が大人になるまでにはしぼんでしまいがちになる、その原因の少なくとも一つは、関心を持続させる媒体の不足ではないだろうか。それでも音楽やスポーツといったジャンルにはいろいろな段階の書物が比較的うまく出回っているが、生物関係となると、そうはいかない。最近、日本では小さい頃から生き物好きだった生物学者が少なくなってきているが、これもその影響ではないか。現在の生物学のテーマと、入門書向きの話題とのギャップがあまりに大きくなり過ぎた結果であろう。

例えば、黒百合に関心を抱いた時にどのような知識が手に入るか、一般向け記事を目につく限り集めてみよう。入門書向きの記事は溢れているが、その文章の九割以上は、次の三点より外へ出ることはない。

一　黒百合は百合ではない（ユリ属ではなくバイモ属だということ。しかしまだ子供だった頃から私は、この手の記述を目にするたびに、それでもユリ科の植物には違いがないから、科や属の概念を知らない素人に対して、わざわざ断わるほどのことではないと思っていたものだった）。

二　花の匂いは良くない（悪臭に近い、という記事が多い。しかし日本人の多くは花の香をかぐ習慣がないから、言わずもがなのことであろう）。

三　黒というほどは花色は黒くない（私はこの手の文章とそれに付随する「原色写真」の氾濫のおかげで、高山帯へ登って実物を見るよりはるか先に——というよりその名を知ると同時に——そのことを見知っていた。そもそも北海道産のでよければ、種苗会社で球根を大量に扱っており、園芸を趣味としていれば実物に接するのは容易である。クロユリというとこのことに言及する習慣は、カラー写真がまだ一般でなかった頃の名残なのではないだろうか）。

いかに読者に幻滅感を与えるかだけに心を砕いているような三点セット、しかもそれほど意味があるとはいえないような内容の三点セットが、黒百合解説記事の定番となってしまっている。あともう少し丁寧な記事だと、本州高山帯のものはミヤマクロユリという、北海道の平地に自生するものは三倍体でクロユリという、くらいのことが書かれている。これ以上書こうとしても、大概の場合それはコラム記事か写真の解説記事なので、もはや紙面は尽きている。もっとも反対に、黒百合だけで一冊本を書こうとしたら、これも大変なことで、話題をそれほど集めるのは至難の業である。黒百合に限らず、一冊全てをある一つの種の生き物の話題で埋めるのは不可能に近い。いろいろな興味の持ちようや多様な読者層に合わせて話題が自由に組めるのは、イネのような、経済的に重要な作物くらいなものではないだろうか。

ここでは幸い紙面が充分ある。しかも一冊まるまる黒百合の話にしないといけないわけでもない。そこで定番とは全く違う話、黒百合と近代日本文学との関係という話をしてみたい。

＊

黒百合の登場する日本文学というと、何を思い浮かべられるだろうか。『河童』（昭和二年）。これが筆頭ではないだろうか。芥川龍之介のこの有名な短篇の最後の章（十七）で、黒百合は、「精神病院の患者」である主人公の視野の中にのみ存在している。数ある高山植物のうちでも黒百合を選ぶあたり、哀愁を誘う、的確な選択であろう。引用する。

> それから僕は二三日毎にいろいろの河童の訪問を受けました。僕の病はS博士によれば早発性痴呆症と云ふことです。しかしあの医者のチャックは（これは甚だあなたにも失礼に当るのに違ひありません。）僕は早発性痴呆症患者ではない、早発性痴呆症患者はS博士を始め、あなたがた自身だと言ってゐました。医者のチャックも来る位ですから、学生のラップや哲学者のマッグの見舞ひに来たことは勿論です。が、あの漁夫のバ

ツグの外に昼間は誰も尋ねて来ません。殊に二三匹一しよに来るのは夜、——それも月のある夜です。僕はゆうべも月明りの中に硝子《ガラス》会社の社長のゲエルや哲学者のマッグと話をしました。のみならず音楽家のクラバックにもヴァイオリンを一曲弾いて貰ひました。そら、向うの机の上に黒百合の花束がのつてゐるでせう？　あれもゆうべクラバックが土産に持つて来てくれたものです。……

（僕は後を振り返つて見た。が、勿論机の上には花束も何ものつてゐなかつた。）

この作品についてはまた後で述べよう。もう一つ例をあげる。『河童』が、黒百合に関して小粒でもぴりりと印象に残る作品とすれば、泉鏡花の、その題名も『黒百合』という作品は、他に例を見ない大作といって良い。この作品は明治三十二年、六月から八月にかけて読売新聞に連載（明治三十五年単行本として春陽堂より刊行）された。この作品は、鏡花ファン以外にはあまり知られていないようだが、逆に三島由紀夫や澁澤龍彦のような鏡花支持者の間では比較的高い評価が与えられているようだ。題になっているほどだから、この作品にはもちろん黒百合が登場する。しかも、これをヒロインが得ようとするがために物語に波乱が生じる設定になっている。その序にこうあるとおりである。

越中の国立山なる、石滝《いはたき》の奥深く、黒百合となんいふものありと、語るもおどろ〳〵

しや。姫百合、白百合こそなつかしけれ、鬼と呼ぶさへ、分けて此の凄《すさま》じきを、雄々しきは打笑ひ、然《さ》らぬは袖几帳《そでぎちやう》したまふらむ。富山の町の花売は、山賤《やまがつ》の類にあらず、あはれに美しき女也《なり》。其の名の雪の白きに愛《め》でて、百合の名の黒きをも、濃い紫と見たまへかし。

明治三十五年寅壬三月

話の設定は、次の通り。主人公千破矢《ちはや》瀧太郎は、かの中国の舜や項羽と同じく瞳を二つもつ重瞳の持ち主。子爵家の跡取りの若様で知力・体力ともに優れた若者であるが、生れの経緯の関係から、下町育ちの風をもち、人知れず富むものから物を盗み取るという賊を働いてもいる。その結果、日本中をひそかに組織化しつつある謎の賊、白魚のお兼につながりをもつにいたる。彼はまた、花売娘であるお雪をひそかに愛しているが、お雪は、兄をかつて教えたことのある氏素姓不明の居候、今は目を患って視力を殆ど失ってしまった若山拓《ひらく》を看病し、愛していた。実は若山はこれまたひそかに世を避け禍をのがれている人物で、理学士にして海軍大佐の子息であった。お雪は、花売のお得意である知事の娘勇美子が、黒百合を手に入れてくれれば特別の礼をする、といった言葉を頼りに、黒百合で若山の眼病を治す治療費を捻出しようと考える。お雪に、本当に黒百合というものはあるのか、と聞かれて、事情を知らぬ若山はこう答える（ここでも、先の序文でも、その花色が正確には黒ではないことに触れている点、注意されたい。ここは天然色写真の稀な時代ならではといえようが、かようにマンネリの根は深いのである)。

「否、無いといふのぢやあないよ。黒い色のはあるまいと思ふけれども、其の黒百合といふのは帯紫暗緑色で、然うさ、極々濃い紫に緑が交つた、まあ黒いといつても可《い》いのだらう。花は夏咲く、丈一尺ばかり、梢の処へ莟《つぼみ》を持つのは他の百合も違ひはない。花《はな》弁《びら》は六つだ、蕊《しべ》も六つあつて、黄色い粉の袋が附着《くッつ》いてる。私が聞いたのは其れ丈なんだ。西洋の書物には無いさうで、日本にも珍らしからう。書いたものには、唯北国《ほくこく》の高山で、人跡の到らない処に在るといふんだから、昔はまあ、仙人か神様ばかり眺めるものだと思つた位だらうよ。東京理科大学の標本室には、加賀の白山で取つたのと、信州の駒ヶ嶽と御嶽《おんたけ》と、最《も》う一色《ひといろ》、北海道の札幌で見出《みだ》したのと、四通り黒百合があるさうだが、私は未だ見たことはなかつた。(中略)」　(十七)

話はいろいろな事件を経たのち、舞台を麓の茶屋に移してクライマックスを迎える。この茶屋の先は、黒百合が生えるという石滝の奥、少しでもその奥へ人が入れば暴風雨になるといういわれのある禁忌の地なのである。

黒百合を採ろうとするお雪、お雪を狙う島野の手下多磨太。白魚のお兼に諭されて、盗みのような小さなことは止め、大きなことをしてやろう、まずはお雪の代わりに黒百合を採ってやろうとする瀧太郎。この二人が石滝の奥へ相次いで入ると、それを追って、拓以外の主な登場人物が茶屋に集まってくる。するとその途端、言い伝え通り暴風雨が始まり、話は大団円にはいって人間界における勧善懲悪がおこなわれる。

その一方で話は、家に一人いてお雪と瀧太郎の二人を案ずる拓の夢想にはいる。鏡花らしいことに、この夢想と現実との区別は明瞭でなく、夢想の中で二人は禁忌の地に踏み込んだことによる苦難のもと幾多の危機にさらされ、ついに絶命する。拓は苦悶のうちに夢から覚めるが、その傍《かたわら》にはお雪の気配がする。お雪は望みどおり黒百合を採った瀧太郎に送られて、無事帰還したのである。が、安心したのも束の間、お雪は暴風雨によって起こった突然の出水に巻き込まれ、拓、瀧太郎と共に避難する。二人はお雪を守ろうとするが、お雪は二人の足手まといになるを恐れ、自らその犠牲となってしまう。

　水は一晩で大方《おほかた》退《ひ》いて、翌日《あくるひ》は天日快晴。四十物《あへもの》町はちよろ〳〵流れで、兵粮を積んだ船が往来《ゆきき》する。勇美子は裾を引上げて濁水に脛《はぎ》を浸しながら、物珍らしげに門の前を歩いて居た。猟犬ジヤムは其の袖の下を、ちやぶ〳〵と泳ぎ、義作《ぎさく》は夕立の背《せな》を干して、傍に立つて居た、水は良駒《やゝこま》の蹄を没するばかり。それでも瀬を造つて、低い処へ落ちる中に、流れて来たものがある、勇美子が目敏《めざと》く見て、腕捲《うでまく》りをして採上《とりあ》げたのは、不思議の花であつた。形は貝母《ばいも》に似て、暗緑帯紫の色、一つは咲いて花弁《はなびら》が六つ、黄《くわう》粉《ふん》を包んだ蘂《しべ》が六つ、蕾《つぼみ》が一つ。

数年の後、何処《いづこ》にも籍を置かぬ一艘の冒険船が、瀧太郎を乗せて、拓《ひらく》お兼《かね》等が乗組んで、大洋の波に浮んだ時は、必ず此の黒百合を以《もつ》て船に号《なづ》けるのであろう。

ここで『黒百合』はその幕を閉じる。これだけ長い作品の、全篇にわたって重要な位置付けをされた植物というのも、珍しいのではないだろうか。なぜ、鏡花は黒百合を題材に選んだのか。作品が連載されたのは明治三十二年、六月から八月にかけてである。この頃、日本では黒百合という植物はどういう存在だったのだろうか。

先に引用したくだりには、黒百合というものは「西洋の書物には無いさうで、日本にも珍らしからう。書いたものには、唯北国の高山で、人跡の到らない処に在るといふんだから、昔はまあ、仙人か神様ばかり眺めるものだと思つた位だらうよ」とあった。今のように誰でもが山に登る時代ではないから、本当に幻の花だったはずである。実際、日本の江戸時代における本草学の集大成の一つ、岩崎灌園の『本草図説』（一八三〇〜四四年）を見ても、黒百合の名はない。

クロユリはサハリン、カムチャツカ、北米等にも分布するから、外国に無いわけではないが、西ヨーロッパという意味での西洋には無いといっても良かろう。気になるのは、

「東京理科大学の標本室には、加賀の白山で取ったのと、信州の駒ケ嶽と御嶽《おんたけ》と、最《も》う一《ひと》色《いろ》、北海道の札幌で見出《みだ》したのと、四通り黒百合があるさうだ」というくだりである。ずいぶん具体的に鏡花は書いているが、これはどこまで真実なのだろうか。

　このせりふが気になって、私は、当時東京大学が保有していた標本を調べてみることにした。幸い、旧東京帝国大学理科大学所蔵の黒百合の標本は、その後も追加中のコレクションと合わせて、現在東大の総合研究資料館（現・総合研究博物館）に保管されており、調べることができる。その所蔵の標本から、『黒百合』の連載の始まった明治三十二年（一八九九）までに採集されたものを選り出してみると、驚くべきことが分かった。

　時代順に並べると札幌産（一八八〇年六月採集、日・採集者は不明）、信州御岳産（一八八〇年七月二十八日、採集者不明。ただし花はなく、実の標本）、信州駒ヶ岳産（一八八〇年八月二日、採集者不明）、白山産（一八八一年八月八日、採集者不明）の四点がその全てだったのである。先の引用と引き比べてみればお分かりのように、鏡花はこの全てを余さず記しているばかりか、時代順に（逆順）並べている。これは驚くほどの情報の正確さである。鏡花の黒百合の描写には、解説書を見ながら書いたようなぎこちなさが若干認められるので、ここはあるいは何かからの引用ではないか、そうだとすれば、作中のリストは事実と合致するのではないか、と予想してはいたものの、これには実際驚いた。

　種本は一体、何だったのだろう。当時、帝国大学所蔵の標本のリストが公表されたことがあったのか、あるいは国内で発見されて二十数年しかたっていないので、珍草として、関係者が何かの啓蒙記事に書いたのだろうか。

　実は、鏡花が『黒百合』を書き始めた時というのは、今でこそ黒百合というとすぐ頭に浮かぶ「高山植物」という言葉が、日本で初めて使われた直前の時期にあたる。この語は札幌農学校で開かれた学会で宮部金吾博士が使ったのが最初で、それは一八九九年（明治三十二）十一月二十五日のことであったという。惜しいことで、これは『黒百合』の連載終了から三か月経った時であるから、さすがに『黒百合』では「高山植物」という言葉は使われていない。が、そうした時代に黒百合を題材に選ぶあたり、鏡花の小道具に対する進取の気性を、またひるがえって当時の植物学の流行ぶりを、見て取ることができよう。

　鏡花がこの種の植物に関心を持ったきっかけには、いろいろなものが考えられる。一つには、本草学から近代植物分類学への脱皮の成果が、この前後に相次いで集中的に出版されているのである。

　一八八四年には、『東京大学小石川植物園草木図説』が、一八八八年から一八九一年にかけては牧野富太郎の『日本植物志図篇』が、続いて一八九一から九三年にかけては初代の東京帝国大学植物学教授の矢田部良吉（『新体詩抄』の編者の一人でもあった）の『日本植物図解』、さらに一九九〇年にはやはり矢田部良吉の『日本植物篇』が出版されている。

　またこうした植物学の普及に呼応して、『黒百合』執筆の三年後（単行本として出版された年）、一九〇二年五月には、鏡花の自宅近く、本郷駒込の団子坂下花戸薫風園で、初めて栽培品の高山植物の陳列会が開かれている。これをきっかけとして、現在にまで至る山草栽培ブームが始まるわけであるから、当時の植物学の、一般への普及がどれほど爆発的であったかは想像に難くない。当時は植物学勃興の時代だったのである。

そう気がついてみるとなるほどとうなずけるのが、『黒百合』に登場するもう一つの珍草（文学作品としては）、モウセンゴケである。これは作品の幕開けそうそう、花好きの勇美子へのプレゼントとして瀧太郎が持参してくる。ここはこの二人の登場人物にとっても、作中初登場の舞台である。しかもここは、このモウセンゴケを瀧太郎が発見できたのはなぜか、採集した場所を瀧太郎が秘密にするのはなぜか、という、作品の進行上の伏線にもなっているので、これまた結構重要な場面である。そのくだりを、四章の後半から五章の初めにかけて少々長いが引用しよう。なお、ここではモウセンゴケの捕虫能力や消化作用に関して実際よりも速いスピードで行なわれるように描かれているが、ここではそこまで問題とはしないことにする。勇美子の植物学の知識の豊富さを読み取って頂きたい。

「見ねえ。」

勇美子は傍目《わきめ》も触《ふ》らないで居た。

暫くして瀧太郎は大得意《だいとくい》の色を表して、莞爾《にっこ》と微笑み、

「ほら、ね、何《ど》うだい、だから難有《ありがた》うツて、然《さ》う言ひねえな。」

「何処《どこ》から。」といつて勇美子は嬉しさうな、而《そ》して頭《つむり》を下げて居た所為《せゐ》であらう、耳《みゝ》朶《もと》に少し汗が染《にじ》んで、眶《まぶち》の染まつた顔を上げた。

「何処からです、」

「え、」と瀧太郎は言淀《いひよど》んで、面《かほ》の色が動いたが、頓《やが》て事も無げに、

「何、そりや、ちやんと心得てら。でも、あの余計にやあ無いもんだ。此奴《こいつ》あね、蠅ぢやあ大きくつて、駄目なの、小さな奴なら蜘蛛の子位は殺《ヤッ》つけるだらう。こら、恐いなあ、まあ。」

心なく見たらば、群がつた苔の中で気は着くまい。殆ど土の色と紛《まが》ふ位、薄樺色《うすかばいろ》で、見ると、柔かさうに湿《しめり》を帯びた、小さな葉が累《かさな》り合つて生えて居る。葉尖《はさき》にすく〳〵と針を持つて、滑《なめら》かに開いて居たのが、今蟻を取つて上へ落すと、恰《あたか》も意識したやうに、静々と針を集めて、見る見る内に蟻を擒《とりこ》にしたのである。

瀧太郎は、見て、其の験《げん》あるを今更《いまさら》に驚いた様子で、

「ね、特別に活きてるだらう。」

五

「何でも崖裏《がけうら》か、藪の陰といつた日陰の、湿《しめ》つた処《ところ》で見着けたのね？」

「然《さ》うだ、然うだ。」

瀧太郎は邪慳《じやけん》に、無愛想にいつて目も放さず見て居たが、

「ヤ、半分ばかり食べやがつた。ほら、此奴あ溶けるんだ。」

「まあ、此処に葉のまはりの針の尖《さき》に、一ツ宛《づゝ》、小さな水玉《みづたま》のやうな露を持つて居《て》ね。」

「うむ、水が懸つて、溜つてゐるんだあな、雨上りの後だから。」

「否《いゝえ》、」といひながら勇美子は立つて、室《へや》を横ぎり、床柱に黒塗《くろぬり》の手提《てさげ》の採集筒と一所《いつしよ》にある白金巾《しろかなきん》の前懸《まへかけ》を取つて、襟《えり》へあてて、ふは〱と胸膝を包んだ、其瀟洒な風采は、恰《あたか》も古武士が鎧《よろひ》を取つて投懸けた如く、白拍子が舞衣《まひぎぬ》を絡《まと》うた如く、自家《じか》の特色を発揮して余《あまり》あるものであつた。

勇美子は旧《もと》の座に直つて、机の上から眼鏡《レンズ》を取つて、件《くだん》の植物の上に翳《かざ》し、ぢつと見て、

「水ぢやあないの、之は此《こ》の苔が持つて居る、然うね、まあ、あの蜘蛛が虫を捕へる糸よ。蟻だの、蚋《ぶゆ》だの、留まると遁《の》がさない道具だわ。あなた名を知らないでせう、これはね、マウセンゴケといふんです、一寸《ちよいと》此の上から御覧なさい。」と、眼鏡《レンズ》を差向けると、瀧太郎は何をと言ふ仏頂面で、

「詰《つま》らねえ、那様《そんな》ものより、おいらの目が確《たしか》だい。」といつて傲然《ごうぜん》とした。

ここで描かれている勇美子は、「植物（花ではなく）を愛でる姫君」である。『堤中納言物語』の『虫めづる姫君』が下敷きになっているのは間違いがない。ちなみに虫めづる姫君は、作品成立当時、奇人扱いされたばかりか、今でも文学者の解釈では意外にも、病気があのような行動をとらせたのだなどとずいぶんひどく言われているようだが、自然科学の思考法のもとに育った現代人読者としては、そういう解釈に与《くみ》したいとは思わない。かの姫君像には、非常に新鮮な、近代女性を感じるばかりである。かの姫君はこう言っている。

「人はすべてつくろふところあるはわろし」とて、眉《まゆ》さらにぬき給はず、歯黒め、さらにうるさし、きたなしとて、つけ給はず、いと白らかにゑみつゝ、この虫どもを、朝夕《あしたゆふべ》に愛し給《たまふ》。

眉を抜いたり、お歯黒をするなど、煩わしいし不潔で見苦しいからいやだと言って、白く輝く歯を見せて笑ったというのだ。近代女性そのものである。どこが病気なものか。さらに、かの姫君は、虫をただ溺愛したのではない。当時としては異例なことに、飼育観察していたのである。そして「よろづの事どもをたづねて、末をみればこそ事は故あれ。いとをさなきことなり」と、科学の原則である、物事の原因を見極めようとする姿勢を前面に押し出して見せる。こうも言う。

蝶めで給ふなる人も、もはらめでたうもおぼえず。けしからずこそおぼゆれ。さて又、かは虫ならべ蝶といふ人ありなむやは。たゞそれがもぬくるぞかし。そのほどをたづねてし給ふぞかし。それこそ心ふかけれ。

この姫君も、虫ではなく植物を愛でていたならば、同じようにしていたとしても、時代から遊離することはなかったであろう。これほど近代的な女性は、その後ずっと日本の文学作品には現われなかったわけだが、鏡花はこれを『黒百合』の勇美子でよみがえらせたとみることができる。ただしその姿を変え、時代からの違和感を抑えようとしたのであろうが、そこで鏡花が採用したのは、女性に取合せるには根強い抵抗の予想される昆虫学ではなく、女性らしさがあって、しかも、当時の科学のなかでも流行にあった植物学だったわけである。勇美子は知事の娘でもあり、実際に出歩いて植物採集するほどのおてんばではない。しかし、その知識は最先端を行っていて、見たこともないクロユリやモウセンゴケについて、その名前ばかりか、捕虫能力についてまでも書物を通して知っている。インテリ女性を描くのに、植物学（華道ではなく）は当時としてももっとも好適だったといえる。大体、食虫植物は当時、宮様の高貴な趣味でもあった。『黒百合』から数年経った明治三十五年（一九〇二）アメリカから横浜植木会社が輸入したサラセニアは、華頂宮家に納入されているし、その後、ウツボカズラは新宿御苑で盛んにコレクションを始めている。当時の植物学は現在だったら宇宙物理か遺伝子工学か、情報科学か、まあそういったところだろう。

そう思って文学史の年表を見てみると、同じ時代、一九〇九年には田山花袋の『田舎教師』がある。ここでも、主人公の青年は音楽をまずは志し、その夢やぶれると、ついで今度は植物学の試験を受けようとする。

校長も同僚も清三の態度の俄に変つたのを見た。清三は一昨年あたり熱心に集めた動植物の標本の整理に取懸つた。野から採つて来て紙に張つたまゝそのまゝにしてあつたのを一つ〳〵誰にも解るやうに分類して見た。今年の夏休暇に三日ほど秩父の三峰《みつみね》に関さんと遊びに行つた時採集して来たものの中にはめづらしいものがあつた。関さんは文部の中学教員検定試験を受ける準備として、頻りに動植物を研究してゐた。其旅でも実際に就いて関さんは頻りに清三に其趣味を鼓吹《こすゐ》した。　（四十一）

この小説は実録によっているから時代が正確である。年は次の通り。

清三の日記は次のごとく書かれた。

明治三十七年一月一日――

(中略)△小畑に手紙出す、これより勉強して二年三年の後、検定試験を受んとす、科目は植物に志す由言ひやる。　(四十一)

音楽志望だったのが突然植物学志望となるここのところ、作品だけ読んでいたときには随分突飛な気がした。しかし当時(明治三十七年、つまり一九〇四年)、植物学が最新流行の学問だったことを考えると、主人公の野心はなるほどと納得される。意外に植物学勃興の風は、文学界にもかなりの影響を与え、題材を提供していたらしい。

＊

話はいろいろな文章を引用するうちにかなり飛んでしまった。時代背景がわかったところで、黒百合の話に戻ろう。

近代植物分類学が隆盛を見せていったその結果、最初に触れた、芥川の『河童』が執筆された年、昭和二年、すなわち一九二七年までには、高山植物の知識はかなりの普及をとげたはずである。東大の黒百合のコレクションも、さらに増えていた。八ヶ岳産(一九〇二年八月十八日、Y.Yabe 採集)、白馬山産(一九〇二年八月二十六日、同じくY.Yabe 採集)、

根室産、函館植栽のもの（一九〇五年六月三日、採集者不明）、白山産（一九〇九年八月十四日、二階重樓採集）、御岳山産（一九一〇年八月、G.Koizumi 採集）、飛驒山脈穂高岳産（一九一七年七月二十八日、Y.Ogura 採集）、聖岳産（一九二一年七月、T.Sawada 採集）、樺太・小沼産（一九二三年七月五日、村松七郎採集）、白山産（一九二三年八月十日、K.Sioda 採集）、駒ヶ岳産（一九二四年七月二十日、H.Muramatu 採集）、荒川岳産（一九二四年八月十六日、Y.Narita 採集）が加わっている。

『河童』は、主人公が「三年前の夏のこと」、「上高地の温泉宿から穂高山へ登らうとし」たのがきっかけだから、舞台は穂高岳である。この穂高からはすでに十年前、大正六年（一九一七）には採集されているから、『河童』の舞台に黒百合があることは、芥川としては周知だったのだろう。また、『河童』では、『黒百合』脱稿の年初めて使われた「高山植物」の語が、すでに採用されている。

（五）

トックは河童仲間の詩人です。詩人が髪を長くしてゐることは我々人間と変りません。僕は時々トックの家へ退屈凌《しの》ぎに遊びに行きました。トックはいつも狭い部屋に高山植物の鉢植ゑを並べ、詩を書いたり煙草をのんだり、如何にも気楽さうに暮らしてゐました。

ちなみにトックの友人の河童、ラップが栽培しているものとしてやはり作品に登場する高山植物に、食虫植物のムシトリスミレがある。

「僕はけふ窓の外を見ながら、『おや虫取り菫が咲いた』と何気なしに呟いたのです。すると僕の妹は急に顔色を変へたと思ふと、『どうせわたしは虫取り菫よ』と当り散らすぢやありませんか？　おまけに又僕のおふくろも大の妹贔屓《いもうとびいき》ですから、やはり僕に食つてかかるのです。」
「虫取り菫が咲いたと云ふことはどうして妹さんには不快なのだね？」
「さあ、多分雄の河童を摑まへると云ふ意味にでもとつたのでせう。（後略）」　（十）

ムシトリスミレは、国内では初めて明治十七年（一八八四）に東大が戸隠で採集、次に採集されたのは翌々年であった。穂高を含む北アルプスから採集されるのはもっとあとのことである。『黒百合』が、日本の近代植物分類学の時代の幕開けに呼応して書かれた作品だとすると、『河童』は日本の高山植物学が充実してきた頃の産物だということができよう。

一寸面白いのは、こうして見てきたように、『黒百合』と『河童』には、クロユリが共通するばかりでなく、食虫植物が登場することでも共通している点である。『黒百合』にはモウセンゴケ、『河童』にはムシトリスミレ。縁もゆかりもないように見えるこの二つの作品、案外、つながりがあるのかも知れない。

それはともかくとしても、鏡花と芥川の貪欲さ、博学さは、あきらかに共通している。そのことを、最後にアナロジーを使って強調し、この小文を閉じたい。

まず、すでに述べた通り、穂高で黒百合が採集されてから、『河童』に穂高産の黒百合が登場するまでは十年、黒百合が国内で採集され初めて標本にされてから、小説『黒百合』が登場するまでは、十九年しか経っていなかった。「高山植物」という専門用語が初めて使われてから、『河童』の用例までは二十八年。国内で初めてムシトリスミレが採集されてからでも、『河童』まで四十三年である。まとめると、それぞれの植物学上の発見から文学作品への取り込みまでは、おのおの四十年、三十年、二十年、短いのでは十年しかかかっていないということになる。しかもこれが正確なこと、きわめて驚くべきことである。

試しに今（原著出版時）から十年前、日本では何という生物が発見されているか調べてみよう。植物ではホシツルランが八三年に小笠原で発見されているが、知る人は少ないだろう。有名なのではヤンバルクイナである。沖縄本島・与那覇岳周辺の山原《ヤンバル》地域でこの鳥が発見されたのが一九八一年。しかし寡聞にして私は、これをとりあげたレベルの高い純文学作品をまだ見たことがない。『河童』の小道具黒百合の、何と新しいことか。

三十年前はどうだろうか。先に述べたように、『河童』では三十年前に提唱された「高山植物」という専門用語が採用されている。一方今から三十年前にはフェロモンという語が提唱されていて、これは専門家ならずとも昆虫マニアにはお馴染みの語であろう。通俗小説では散見するが、しかし純文学ではどうだろうか。

さらに、二十年前の生物学上の発見を見よう。二十年前というと、一九七二年。この年、現在盛んに行なわれているDNA組み替えの基本道具である、制限酵素の発見がなされている。また四十年前というと、一九五三年にワトソンとクリックがDNAの二重らせんモデルを提唱している。今やDNAの二重らせんモデルは高校でも教えるくらいにまでなったが、文学ではそれほど常識化しているとは見えない。もっともDNAとか遺伝子操作という語については、全く使われることがないわけではない。が、その内容は何百万年前の祖先の記憶がDNAに刻み込まれていて、といった誤解の多い表現や、遺伝子操作でできる未知の生物に対する恐怖、神への冒瀆、といった文脈の上でばかりである。『黒百合』、『河童』の正確さには到底及ばない。

伝統的美意識を重んじていた、むしろ保守的なところもあった鏡花にしても、歴史物に強く、絢爛たる文章を書いた芥川にしても、当時にしてみれば、ずいぶんと新鮮な言葉を意欲的にとり入れていた作家だったわけである。生物と文学の年表を照らし合わせてみると、結構面白いものだ。

文庫版追記　今（二〇二二年）から二〇年ほど前というと、日本国内からは、例えばシナノショウキランが二〇〇二年に新種記載されている。また下って二〇〇八年には、手前味噌になるが私たちがヤクノヒナホシを屋久島から新種として報告した。いずれも寡聞にしてまだ現代の文学作品で焦点を当てた例を知らない。

芥川の心象に生えた植物

芥川龍之介の晩年の作品には、心象風景が前面に現れたものが多い。

中村真一郎氏はかつて、『玄鶴山房』、『歯車』、『或阿呆の一生』を指して、遺書と評した。これらの最晩年の作品を読んでいると、これは既に指摘のなされていることであるが、動物の描写よりも植物の描写が目立つ。やはり自殺の年に発表された作品である『河童』も、伝説的な動物を題名に据えた作だが、中にはたくさんの種類の植物が登場している。

そこで、これら晩年の作品に描かれている植物を丁寧に見てゆけば、芥川の精神世界を読み取れる可能性もある。が、精神ではなく植物が専門の私としては、これがなかなか難しい。『河童』に鉢植えの植物が目立つことは、前に指摘したことがある（塚谷裕一「虫取り菫」『異界の花』一九九六年）が、その意味はいまだに分からない。

いっぽう相原和邦氏は『或阿呆の一生』に登場する植物を比較し、槲《かし》の木、鈴懸（スズカケノキ）、椰子、松などの「樹木は、〈彼〉とは対照的な場所にあ」り、「〈彼〉の側に属するのは」花であって、根はない、と書いたことがある（「或阿呆の一生」論――芥川の

〈光〉と〈闇〉、一九九二年）。確かに一見そのような傾向があるかのようではあるが、これもそうとばかりは言い切れないようである。

　特に、その解釈を左右する点として、「先生」と記される漱石が〈彼〉すなわち芥川自身と対照に存在するのか否か、という問題がある。もし、「十　先生」や「十一　夜明け」に描かれる漱石に、読者が芥川の親しみを感じとれるとすれば、ここで「先生」の本や「先生」との出会いを象徴する「大きい槲《かし》の木」や「四方へ枝をひろげた」「鈴懸」も、〈彼〉＝芥川の側に立つものでなくてはならない。ここでこれらの木が、大木であり、その下に〈彼〉が庇護されるようにあることは、注意すべき点であろう。ちなみに庇護される、という点では「十五　彼ら」で「彼らは平和に生活した。大きい芭蕉の葉の広がったかげに」というくだりも共通したものがある。

　以上のように、漱石を芥川の側に置くかぎり、この作品での植物は、木に限ったとしても〈彼〉の対極にあるとは言い切れない。相原氏は、ここでの植物に根の描出のないのを問題とし、「〈生活〉に根を下せない〈彼〉の姿とうち重なっている」としているが、これも普通、植物を描く際には地中の根を描写することがそもそも稀であることからすれば、ことさらさような意味を読み取るまでもないと思われる。むしろ、大木の「根もと」に抱かれる姿に、若い頃の芥川の幸福感と大志とを読み取るほうが妥当だろう（それは翻って、晩年の芥川の絶望を強調するわけではあるが）。

実際、植物の頻度は、最盛期で未だ気力あふれる頃を回想したもののほうでむしろ高い。抽象度の高い「薔薇の葉の匂のする懐疑主義」（「十六　枕」）や「藻の匂の満ちた風」（「十七　蝶」）といった言葉にも、その傾向が窺えよう。ついでに言えば、嗅覚でとらえた植物も目立つ。「十二　軍港」の「阿蘭陀芹」（クレソン）の匂、「十四　結婚」の黄水仙。ここでも木か花か、という区分に特別な意味は認め難い。

ただ、木で問題なのは、「松」である。

まず「十三　先生の死」で、「センセイキトク」の電報を外套のポケットにプラットホームを歩く〈彼〉の目に、松が映る。これは不吉に読める。あるいは「四十二　神々の笑い声」の次のような文章もある。

> 三十五歳の彼は春の日の当った松林の中を歩いていた。二三年前に彼自身の書いた「神々は不幸にも我々のように自殺出来ない」という言葉を思い出しながら。……

この松が、芥川自身の精神の危機を描き、『或阿呆の一生』同様遺稿となった『歯車』にもたくさん登場する、といえば、ますます松の不吉さが強調されて聞こえることだろう。しかし作品を読むと、これは松にそういう意味が込められている、というよりは、芥川にとって松の存在が身近であったための必然であったのではないか、とも思えてくる。なぜかというに、晩年の芥川の家の周りは、松で覆われていたと考えられるからである。例えば「一　レエン・コオト」では家から東海道線の駅に向かう「自動車の走る道の両がわは大抵松ばかり茂っていた」とある。また、そこから上京した先のホテルで「僕」は『河童』に当たるものらしい作を書いた後、窓の外に「黄ばんだ松林の向うに海のある風景（五）」を幻視するが、これは「僕の家に対する郷愁に近いものを呼び起」す。

　やっと僕の家に帰った後、僕は妻子や催眠薬の力により、二三日はかなり平和に暮らした。僕の二階は松林の上にかすかに海を覗かせていた。　（「六　飛行機」）

たしかに芥川が晩年暮らした湘南地方は、海辺だけあって防砂林として松が大量に植えられている。松、厳密に言うとクロマツである。神経が過敏となり、なぜか特に植物が一々意識される芥川の視野に、松があふれるのは道理なのであった。先の『或阿呆の一生』の松の登場場面も、共に家の周りである。そのために、松があったにすぎない。そう考えることができる。

　事実、『歯車』では、家に帰った後を描く最後の六章で松が何度も登場する。松林――松の梢――松林――高い松。芥川の家は松に囲まれていたに違いない。

　しかし、である。ではなぜ芥川は、そんなにも植物を一々意識したのか。そもそも、身の周りに松が多いとはいえ、それにしても松が多すぎやしないだろうか。松の洪水の中で、「僕」は歯車の幻視の再発を認める。

> 歯車は数の殖えるのにつれ、だんだん急にまわりはじめた。同時にまた右の松林はひっそりと枝をかわしたまま、丁度細かい切子硝子を透かして見るようになりはじめた。

　ここを読むと、あるいはこの松、やはり芥川にとっては不吉なものだったのだろうか、という気もしてくる。この作品では、最初に歯車の幻覚が描かれるシーンも、松林をビル街から連想した直後に設定されている。そういうことからすると、芥川は、松林に何らかの精神的ストレスを感じていたのかもしれない。

　いや、松だけだろうか。『歯車』では、都心のホテルの外にある公園で、林に脅かされる姿も描かれる。どの樹木も枝葉を黒ずませていて、どれも人間のように前と後がある、それが「不快よりも恐怖に近いものを運んで来た」（「二　復讐」）というのである。ここは、もう私には分からない。木に前と後があるか、それが恐怖を呼ぶか、これが分からない限り、最晩年の芥川にとっての木が何であったのか、理解することは難しいだろう。そういう気がする。しかし、その怖さが理解できるようになったら、もう正常ではいられないに違いない。

自分を壊してしまわないために、私はここで芥川の精神の軌跡を追うのを諦める。最晩年の芥川の心象風景にあった植物たちが、どういう意味を持っていたのか。それはあれほどの鋭敏で壊れやすい精神を持ち合わせない限り、読み取り切れないものなのであろう。

（『図書』一九九五年一〇月号）

Ⅲ

三島由紀夫と松の木の逸話

三島由紀夫は松すら知らぬほど植物に疎かった、という説がある。

その典拠となっているのは、ドナルド・キーン氏が「『奔馬』と三輪山」(昭和五十年)という一文で記したエピソードであるらしい(『日本を理解するまで』昭和五十四年)。三島の取材旅行に氏が同行した時のこと、三島が松の木を指さし、居合わせた植木屋に何を言うかと思ったら、「あの木は何と言うか」などと聞いたので、植木屋は「松です」と答えた。しかし、いくらなんでも松の木を知らないはずはないだろうと、植木屋は「雌松と呼んでいます」と付け加えたそうである。それに対して三島が「真顔で『雌松ばかりで雄松がないのに、どうして子松ができるの』と聞いた」ものだから、植木屋もキーン氏も驚きあきれた、という話である。

ここでいう雌松とはアカマツのことだが、この逸話をもってキーン氏は、「都会っ子の三島氏は植物や動物の名前をろくに知らなかった」としている。

この、三島由紀夫が動植物のことをよく知らなかったという説には時々お目にかかることがある。例えば近いところでは、『図書』一九九一年二月号、阿川弘之・北杜夫・奥本大三郎三氏による「連載閑談」（『本と虫は家の邪魔　奥本大三郎対談集』平成三十年）にも、以下のような会話が出ている。

北　（前略）植物には弱いんです。まあ、三島さんのように松の木を分からないほどじゃないですけれどもね。

奥本　ドナルド・キーンが書いていることはほんとなんですか。

北　おそらくほんとでしょう。

このようにこの逸話は広く信じられているようだが、本当なのだろうか。それにしては、三島の作品は植物に豊富に彩られているではないか、というのが私の感想である。しかも読んでいて、おや、こんなところで会うとは、と植物好きなら思わず笑みを漏らしてしまうような、一寸珍しいものまでさりげなく取り上げられている。しかも奇をてらいすぎることなく、適材適所、あやまたず配置されていると感じる。

例をあげればきりはないが、『花ざかりの森』や『獣の戯れ』の山百合、『奔馬』の笹百合、『十日の菊』のサボテン、『商い人』の鈴蘭、『宴のあと』のデンドロビウム、『牡丹』の題になった牡丹、『愛の渇き』の「むらすずめ」、『午後の曳航』の「荒地野菊《あれちのぎく》」、『月澹荘綺譚』の夏茱萸《なつぐみ》。種子植物ばかりではない。『愛の渇き』などには、近代日本文学では鏡花の作品の他には殆ど登場しない野生の茸が二回も出てくる。とても植物に無知な作家の作品とは思えない豊饒さである。種類の豊富さだけではなく、その描写にしても、たとえば山百合の花の色彩に関して、『獣の戯れ』（昭和三十六年）第三章、これ以上に精緻な例を他に私は読んだことがない。「描かれた山百合の謎」の章と重複するが、もう一度引く。

> 百合は油を塗つたやうにつややかな白い花蕾をひろげ、強い日ざしのなかに鬱然とした匂ひを放つてゐた。白い花弁の外れまで、しどけなく煉瓦いろの花粉に染つてゐた。内側深く淡黄に暗紅色のあざやかな斑らが見えた。
>
> （中略）
>
> 山々やその上の晴れた空や輝やく雲は、今この一輪の百合に統括されてゐた。それらの色のおのおのは、すべて百合の中に凝縮されてゐる色が、拡散してできたもののやうに思はれた。すなはち森の緑は百合の茎と葉の色、土の色は花粉の色、古い木の幹は暗紅の斑らの色、かがやく雲は白い花弁の色、といふ具合に。

このように多くの植物を登場させ、しかもこの山百合に見るように類を見ない的確な描写を行なった作家が、植物オンチだったとはどうしても思えない。彼の植物の知識が並のものでなかったことは、その残した作品群が、雄弁に物語っているではないか。生前三島と親交があり、植物に詳しいことを自他ともに認める澁澤龍彦も、松の木も知らなかったというかの逸話について、これを否定している（「三島由紀夫をめぐる断章」『三島由紀夫おぼえがき』一九八三年）。三島はかりにも幼い頃、動物学者になろうと夢見た人間である以上、そんなはずはないというのである。それでは何故、三島には、植物に疎いという逸話がついて回るのだろうか。

何か理由があるに違いない。

そう考えて先に挙げた例を眺めてみると、三島が効果的に用いた植物は、普通小説では取り上げられないような種類が多く、一種の偏りがあることがわかる。そこにはある種の衒《てら》いも感じられる。もう一つ特徴的な点として、伝統的な花鳥風月の対象となって来た種類が含まれていない。このへんに手がかりがあるように思われる。そういえば、問題の松は日本における伝統的文学対象の典型だった。もっとも、たとえば『奔馬』は伝統的思想のもとにある人物が中心だけに、「けだかき松」という語が何回もキーワード的に出てくる。だから伝統的な植物を完全に無視したというわけでもないようだ。

伝統的に花といえば桜であるが、これを三島はどう描いているだろうか。『豊饒の海』の第一巻、『春の雪』十九章にこういう段落がある。「清顕ははじめてしみじみと桜をふり仰いだ」とあるその描写である。

花は白くて、房なりの蕾だけが仄《ほの》赤い。しかし花の白さのうちにも、仔細に見ると、芯の部分の星形が茶紅色で、それが釦《ボタン》の中央の縫ひ糸のやうに一つ一つ堅固に締つて見える。

桜の芯を見ることを、伝統的な文学者はしなかった。桜はマスとして見るべきもの、雲に見紛《みまが》うようなものか、散ることを惜しむ対象ではあれ、一つ一つの花の中を覗き込むような視点をとるべき対象ではなかった。特に西行以降、雲に見立てる視点は、あまりに猫も杓子も真似したものだから、三島が好んだという上田秋成などは、『胆大小心録』の中で、

よしの山雲とまがへる花さけば
花にもまがふあかつきの雲

という類いの歌を作って揶揄した上に、「これらはほめられたがる病人の歌じや」とまで言わねばならなかったくらいである。

それに比べて、三島の描写の何と異端なことか。『春の雪』で見られるような、ものをその場で、部品ごとに分解して描写するやり方は、三島の場合特徴的であるが、これは、明らかに従来の正統的な自然描写のしかたと異なるものである。日本の花鳥風月に対する姿勢は、ややもすると、実物に自分の目で対するのではなく、伝統に縛られた、単なる約束事、コード化された記号に対する描写となるきらいがあった。見たこともない須磨・明石の風景を、源氏物語の知識のみをその唯一の実在の根拠として盛んに歌に詠んだような歴史に、その典型を見ることができる。現代の作品にも、桜や梅、秋の草のような伝統的な取り決め、故事来歴の確固とした風物に対しては、依然として対象物を自分の目で見ていないとしか思えないものは多い。例えば堀辰雄の作品、『大和路・信濃路』(昭和十六年)にこういう文章がある。

　この春も春日野《かすがの》の馬酔木《あしび》の花ざかりをみて美しいものだとおもつたが、それから二三日後、室生川《むろふがは》の崖のうへにそれと同じ花が真つ白にさきみだれてゐるのをおやと思つて見上げて、このはうがよつぽど美しい気がしだした。

これだけなら、堀辰雄個人の好みの問題のように見える。ところが、そうではないのである。その理由と言うのがいかにも王朝古典の流れを汲む作家らしい。「大来皇女《おほくのひめみこ》の挽歌《ばんか》にある『石《いそ》のうへに生《お》ふる馬酔木《あしび》を手折らめど……』の馬酔木はこれでなくてはとおもつた」からなのである。堀辰雄はここに馬酔木そのものではなく、「石のうへに生ふる馬酔木」という記号化された「言葉」を見ているのである。なるほどみやびな姿勢ではあるが、これを極端に押し進めてゆくと、そこには新しい感覚の生じる余地はない。古《いにしえ》の文人の感覚をなぞるだけの、悪しき意味での伝統しか残らないように私には思われる。三島はこれとは反対に、新鮮な驚きをもって事物を見ることを喜びとしていた。彼は『春の雪』で主人公にこういう体験をさせている。

すでに五日目、六回目の訪れであるから、目をおどろかすものは何もない筈なのに、今、俥から、綿を踏むやうな覚束ない足を地へ踏み出して、熱に犯された目で見廻すと、すべてが異様にはかなく澄み切つて、毎日見馴れた景色が、今日はじめてのやうな、気味のわるいほど新鮮な姿で立ち現はれた。（五十二章）

その生い立ちからして、文学上の知識としては、動植物に限らず建築、衣装、風俗など、いろいろなものを三島は知っていたはずである。したがって繰り返し文学に登場して来たものには「目をおどろかすものは何もな」かった。古の文人の感覚をなぞるだけでは彼の文学の対象たりえなかったのである。それだけに桜も、彼の描写の対象たるためには、異端の視点をもって見詰められ、新たな側面を見出されないことには、登場させられなかった。

三島が正統的な対象物たる桜、梅、もみじ、秋草といったものに文章を多く費やさなかったのは、こうした理由からで、決して植物そのものや、伝統的な植物に関する手法・約束を知らなかったからではあるまい。本当にそうしたことに無知なだけならば、これだけ流布している伝統的手法を時々は用いてもよさそうなものである。そういう例が稀なことから見て、彼はその作品の中で重要な役割を与える植物の種類や描写を選択する際、すでに伝統的に確立した、いわば形骸化した約束事の採用を意識的に避けていたふしがある。伝統的に使い方のきまっている植物を、点景に器用に使いこなすだけの作家ではありたくなかったのだろう。伝統的には相手にされてこなかったような種類を積極的に採用する、という姿勢は三島文学の一つの特徴と言えよう。

これには三島が幼少のころから親しんだという泉鏡花に相通ずるものが感じられる。鏡花も黒百合、乳香の樹、モウセンゴケ、梅鉢草など変わった植物をよく取り上げたし、茸も、別の章で述べたように、好んで登場させた。三島もこれを継承したものかもしれない。その背景には、もちろん先に引用した上田秋成の影響もあろう。秋成も、事実を無視した約束事、陳腐化した約束事に対してしばしば批判を行なった人物である。先例のない姿勢ではなかった。

もっとも、その立脚するところはやはりあくまで異端であり、正統的な日本古来の常識的知識水準からはずれていたのは確かである。その結果彼は、倒錯した比喩をも生んでしまうことがあった。『豊饒の海』の最終巻、『天人五衰』の最終章。

竹藪は、それ自体が人間世界の聚落のやうに、しなやかな繊細な嫩葉《わかば》の、まるでアスパラガスのやうなのから、悪意と意地を帯びた強い黒ずんだ緑まで、身を倚せ合つて群がつて繁つてゐる。

当時の伝統的な生活をしている日本人ならば、アスパラガスよりは竹の方がはるかに身近であるから、こういう比喩は使わないはずである。身近にあってその冬の姿も夏の姿も、はたまた竹の子の時の姿・味に至るまで熟知している竹と、舶来物の、食卓にのぼる時の姿でしかお目に掛からないアスパラガスと。この知識のヒエラルキーを認める限り、竹をもってアスパラガスを喩える、ということはあっても、その逆は比喩になりえない。それを逆に書いてしまうところに、三島の新しさもあるが、そこには倒錯をも感じないわけにはいかない。

三島の植物に対する表現手法に、こうした違和感を強く感じた場合、人は、作者の常識を疑うだろう。そういえば、三島は梅や桜やすすきや桔梗や女郎花《おみなえし》や、萩や竜胆《りんどう》や、古来から日本人が心のよりどころとしてきた花には関心がないようだ、桜にいたっては、雅びに育てられたはずの主人公に、こともあろうに芯などを眺めさせたりしている、きっと植物のことはろくに知らなかったのだろう、そう読者が思っても不思議はない。読者が日本文学の正統派の特性に詳しい研究者だった場合は特に。

そこに松の木も知らなかったという話を聞けば、なるほどそうかと思うに違いない。ドナルド・キーン氏が、三島由紀夫は植物の名をまるで知らないと考え、松の木を指して植木屋に名前を聞いたので植木屋が仰天した一件をその典型と考えたのは、そしてその逸話が一般に流布するのは、そういうところから来ているのであろう。

しかし、繰り返して強調しておきたいが、純粋に植物の知識という点からいえば、三島は植物オンチではなかった。それから察するに、例の松の木の話は、雌松がアカマツの異称であることを三島が知らなかったというような、言葉の行き違いによる誤解だったのではないだろうか。そんな気がする。

いや、キーン氏があのように記録している以上、やはり三島は松の木も知らなかったのだとしよう。さらに百歩譲って、あの作品群に登場している植物に関する豊富な知識も、実は、その時その時々の取材による俄仕込みの知識の積み重ねに過ぎなかったとしよう。それでも最終的に三島は、その作品に揃えられた数多くの植物名を一度は知り、そしてあれだけよく特徴をつかんでいたのである。その結果から見れば、むしろ、彼は非常に植物に詳しかった、あるいは詳しくなっていった作家だといわれてしかるべきではないだろうか。とすれば松の木の逸話は、その過渡期にある彼の姿を表わしているに過ぎない。

（『図書』一九九一年一一月号）

再説三島と松の木の逸話

三島由紀夫も植物知らずで、彼が松を知らなかった話は時々ひきあいに出される。能や歌舞伎好きの彼である。舞台の上の松を見ていったい何だと思っていたのだろう。

（一九九一年九月十七日付け朝日新聞夕刊「窓」から。署名は〈眠〉）

こういう記述はこれまで盛んに記されてきたが、この逸話に対する私の異論は、前章で述べた通りである。三島は決して「植物知らず」ではなく、むしろ植物に詳しい作家だった。そのレパートリーはたいへんに広く、彼は、アレチノギクのような雑草の典型、普通は名も知らぬ草、と書いて済ますような植物のことを、正式の和名で『金閣寺』、『獣の戯れ』、『午後の曳航』などの作品に何べんも登場させるという、特異なことまでしている。ただし前章は本当に松を知らなかったのかどうかの点よりも、植物に詳しいのかどうか、という一般論になってしまった。ここでは他ならぬ松を知っていたかどうかを改めて論じることにしたい。

復習しよう。出典はドナルド・キーン氏の書いた文章である。キーン氏が書いているところによれば、時は昭和四十二年の夏、場所は奈良県の大神神社。三島の取材旅行に同行した時の話であるという。『奔馬』にその取材は生かされたが、キーン氏はそこに登場する「『赤松』という言葉を読むと微笑なしに居られない」。それというのも、

> 現に、あの時もそこに居合せた年寄りの庭師に、「あれは何の木か」と尋ねた。その人は驚いて、「松です」と答えたが、松の種類を聞かれたと思ったためか、「雌松と呼んでいます」と言い足した。すると、鉛筆を片手に真顔で「雌松ばかりで雄松がないのに、どうして子松ができるの」と聞いた。言うまでもなく、雌松は赤松の別名で、木の性とは無関係である。『奔馬』のこの文章を書く前にそれを確かめたのであろう。
>
> （『日本を理解するまで』昭和五十四年）

この逸話を、私はこう解釈する。三島は、「雌松」という名を知らず、松は雌雄異株ではなく雌雄同株だということを知らなかっただけであって、「松を知らなかった」わけではなかった。指さした対象の樹が松の一種であることは分かっていたのである。「言うまでもなく」とキーン氏は言うが、雌松という呼称はやはりやや特殊である。松という言葉を知っている人間より、赤松という名前を知っている人間は少ないであろうし、雌松とい

う呼称を知っている人間はさらに少数だと思う。

三島はなにも、松を知らなかったわけではない。赤松という名前なら知っていたのであろう。その証拠に、松に対する知識が本当にないなら、聞かされたまま雌松と書いてしまうはずのところ、三島はそれを捨て、標準和名をとって赤松と書いた。この逸話の意味するところは従って、「三島由紀夫は雌松を知らなかった」逸話に過ぎない。雌松を知っている作家のほうがまれであろう。これだけでは当然のことながら冒頭のコラムにいうような、植物のことを何も知らないという例証にはならない。

では、三島は本当に松という木を知っていたのか。この検証は作品にあたればいいことである。ていねいに調べる必要があるが、簡単なことだ。問題の「事件」のあった昭和四十二年（一九六七）以前の作品に、松の木が出て来るかどうかを調べればいい。そしてそれが松として適切な描写を伴っているかどうかを調べることである。

三島の作品から特定の植物を探すのは容易である。彼は、正確に自生地を対応させているからである。もっともこれは自身の知識に基づくというより、むしろ取材の綿密さを反映するものかも知れない。松は海辺に多く見られるので、海に関係のある作品を思い出しながら斜め読みしていくと、じきいくつもの例が見つかる。まず昭和十六年の第一作、『花ざかりの森』にすでに、松は見られる。

> そこからは旧い町並がひとめにみわたされた。町のあちらに疎らな影絵の松林がみえ、海が、うつくしく盃盤にたたへたやうにしづかに光つてゐた。

『岬にての物語』（昭和二十一年）。

> 「あそこだよ」と青年が指さした処は、先刻少女が云つた岬の先端であらう、傘形《からかさなり》の松が一本あるばかりで、（後略）

ここでは樹形が記されているので、言葉でのみ松を知っていたわけではないことが分かる。

『真夏の死』（昭和二十七年）は「伊豆半島の南端に近」い「A海岸」が舞台。

> 白いゆたかな砂浜は美しく、浜の中央に松を戴いた岩山が、築山のやうに人工的な姿で海へ迫つてゐる。

『絹と明察』（昭和三十九年）の松は枯れて存在しない。「近江八景のうち、枯れ果てて跡ものこさぬ唐崎の松や」（第一章）とある。

翌年の『月澹荘綺譚』（昭和四十年）では枝ぶりが描かれる。

　茜島は人の住まぬ荒れた小島で、丈の高い松は乱雑に交叉し、斜陽はとなりの松の枝影をこちらの幹へありありと映してゐた。

　坂をのぼる。坂の頂きに、稲妻形の枝をさし出した大松が二本、左右に門のやうに立つて、その彼方に青空が再び拓《ひら》ける。　（一）

調べてゆけばまだまだいくらでも例はあると思うが、これで充分だろう。

三島は若い時からしばしば松を作品に登場させている。しかも、海辺に多いのを知っていて、海辺の風景に点景として取り上げている。枝ぶりも描いていた。彼が松を他の樹と区別して認識できたこと、その生育の特性を知っていたことは明らかである。松を登場させた作品は稀でなく、今みてきたようにかなり多いので、彼の作品を多少なりとも読んだことのある読者なら、すぐわかるはずのことである。

三島が「植物知らずで、彼が松を知らなかった」、「舞台の上の松を見ていったい何だと思っていたのだろう」というのは明らかな誤解、恐らくは作品を読んだことのない人々が、逸話のもとになった原典、キーン氏の記述も読まずに、話を面白くするために、伝聞をもとに誇張して作り上げた虚像であると言ってよかろう。事実、舞台上の松に至っては、

『恋の帆影』（昭和三十九年）など、第一幕の舞台装置として「堤には竹、小松、椿など」という三島自身の指示がある。

また、彼は単に松を点景程度にしか使えなかったわけではない。松が題名にもなっている『離宮の松』（昭和二十六年）も、問題の年よりはるか以前の作品だが、ここでは松は、大事な役割をになっている。浜離宮公園には、「小松」が連なっており、その列を追うと、中に、「美代」の記憶にある一本の松が立っている。

　堤の上の人影は点々と見えるにすぎない。低い松の排列が、生ひ立つた芝草のやうにみえるにすぎない。水門から隔たるに従つて、堤は次第に高まり、そのあたりから松の背丈も徐々に高まつて、丁度頂きに当るところに、亭々たる一本の松があつた。

　松は海風をうけなれて、陸のはうへやゝ傾き、枝葉もあらかた陸にむかつてゐるために、却つて果敢に海に対してゐるやうにみえた。日はあたかもその松の梢にあたり、枝のあひだに火を放つたやうにきらめいてゐた。

　美代は思ひ出した。

　この松である。今日足が自然と浜離宮公園へむかつたのも、この松に誘はれたのにちがひない。

この松は、その下で、美代が「あとにもさきにも、今日まであの時ただ一度」、男から「積極的に手を出された」「半年ほど前の秋の一日」の思い出の松なのであった。「美代はそれから、何度かその若者を夢に見たのである」。美代はこの松の下へいき、その時の男が来るのを待つ。するとその時の若者が現われるのだが、その後の話は作品に当たっていただきたい。

これで、三島が松のことを知っていたことは証明できたと思うが、では何故あのキーン氏の記録にあるようないきさつ、雌松を知らないエピソードが生じたのだろうか。

作品名を挙げた例でもお分かりのように、彼が扱った松は海浜に多い種類の松である。ということは、黒松 *Pinus thunbergi* である。「雌松」こと赤松 *Pinus densiflora* ではない。赤松は山に多いので、関東平野生まれ、関東平野育ちの三島にとって、黒松のほうが赤松より親しかったことは容易に推測される。キーン氏と同行取材した昭和四十二年の夏の時、三島が気になったのは、普段見慣れている松ではないことであって、見慣れない正体不明の樹であることではなかったのだと思う。

はじめに私は、あのいきさつの実相は、「三島由紀夫は雌松を知らなかった」逸話だと述べた。三島は黒松は知っていたが、雌松という名前は知らなかった。あるいは赤松も知らなかったのかもしれない。だが、その違いがわかったという点で、私は、彼には植物を見る目があったと考えるし、聞いたままの「雌松」を採用せずに、標準和名の「赤松」に訂正した点で、作品に登場する植物に神経を使ったことはあきらかである。最近の作家の作品で、これほどの注意が払われているものを、私は残念ながら知らない。

本多勝一氏がかつて書いていた逸話にこういう話がある（『山と溪谷』連載の「山を歩く旅」第二十四回、一九八七年三月号掲載記事）。

ある山に登る時、植物を教えてもらおうと思い、地元の営林署の人を案内人に頼んだ。ところがその案内人は、本多氏を「都会からきた人間はすべて山にシロートだ」と思ってか、途中で「あの木は何ですか」と聞いたところ、「『ダケカンバ』、とこともなげに」答えたという。ダケカンバなら、山に登る人なら誰でも知っているはずのざらな樹である。しかし本多氏は、ダケカンバにしてはおかしいと思ったから聞いたのであったので、納得せずに近づいて調べてみた。そうしたところ、やはりダケカンバではなかった。どうもウダイカンバらしいと分かったそうである。

この話は、三島の松の逸話と似たところがある。本多氏には植物に対する知識が豊富という定評があったわけだが、もし本多氏がウダイカンバという種類を知らず、ダケカンバではないことを確認するに必要な知識を持っていなかったらどうなったか。

もしかすると後年、こんな逸話が生じた可能性もあったと思われてくる。本多氏は各地の山をよく登るというけれど、実はどこの山にも生えているダケカンバすら知らなかったそうだ、と。

逸話というものは、面白おかしく脚色されるきらいがある。逸話を読む時、人に伝える時、聞いた時には、よく注意しなくてはならない。特に、典拠の示されていない伝聞の逸話は、うかつに信用しないことである。

洋蘭今昔

三島由紀夫

冬から春にかけ、各地のデパートなどではしばしば洋蘭の展示即売会が開かれる。そこでは文字どおり老若男女、さまざまな人たちがひしめきあっている。そこで人々は、展示品の出来を批評しあい、あるいは目当ての種類の苗を捜し求めて、あるいはそれを見つけて、その育て方や値段を店員に聞いている。どこもこういう会は大盛況である。

そうした客をよく観察してみよう。非常に地味で変わった、如何にも玄人好みのものを求めている人がいる。反対にボリューム感あふれるわりには安価で育てやすいシンビジウムやデンドロビウムの鉢物、あるいはタイ産のデンファレの切り花を求めている姿もある。そしてそういうバラエティーに富んだ客にあわせ、店の側もいろいろと品揃えが違う。一口に洋蘭と引っくるめるのは粗雑に過ぎることが、これだけでも分かるというものである。

また、こういう風景を見ると、現在の洋蘭愛好家の層の厚さもおのずと知れよう。従来、洋蘭は、高嶺の花、贅沢品、はては退廃・爛熟の花、というイメージであったが、今やそれはすでに過去のものだという感を抱かずにはいられない。

しかし、洋蘭がこれだけ普及したのはつい最近のことである。たとえば三島由紀夫は没後二十年ほどにしかなっていないが、彼の執筆活動当時、洋蘭はまだ高嶺の花で、ステイタス・シンボルでもあった。

プライバシー裁判にもなった『宴のあと』（昭和三十五年）。作中、上野の精養軒（これも時代だが）に飾られていた蘭を指して「あれはデンドロビウムといふのだ」と「かづ」に教えるのは、また後にその思い出の「デンドロビウムの一鉢を」わざわざ「買つて」帰るのは、ただびとではない。元大臣で、都知事候補に立った「野口」である。

『獣の戯れ』（昭和三十六年）第五章で読者は、「印度産エーリデスやアフリカ産アングレーカム」、「芒に似た葉を持つシンピジウム」、「デンドロジウム」（傍点引用者）といった洋蘭を目にする。この場合も、その数々の洋蘭を栽培し、出荷するのはただの農家ではない。以前は「銀座に西洋陶器の店を持」ち、自宅は「芝白金」で、「高踏的な評論を書いてゐて世間に多少の名があ」り、要するに「何でも持つてゐた」草門逸平の、その「草門温室」である。

どちらの例でも、明らかに洋蘭には一種の権威付けが感じられる。洋蘭だけではない。居住暖房すらまだ充分ではなかった当時は、植物のためにわざわざ暖房をする装置、温室自体が、そもそもステイタス・シンボルであった。

温室というもののもつ地位的な意味、それは、冬の寒いヨーロッパで椰子の育つ大温室を地位あるものたちが建造していたはるか昔から始まったことである。ロシアにおいても、ジュエル・オーキッドと呼ばれる小型の観葉蘭、亜熱帯から熱帯に産するこの蘭を育てることが貴族の楽しみであったらしい。日本においても事情は同じで、ヨーロッパのそれと比べ、規模はかなり小さかったが、明治の頃、大隈侯などを中心に温室ブームがあった。温室というものを家の他に建て、それを維持することのできる資産、それを持ち、そこでしか育たないような植物を育てようと思う趣味の、浮世離れしたところ、これは如何にもステイタス・シンボルだったのである。そのため三島の作品では、温室単独で人物の地位を示す例も非常に多く、『愛の渇き』、『朱雀家の滅亡』など多くに見ることができる。その変形としては、サボテンを育てる温室があげられよう。これもまた、三島にかかるとそれを育てる人物の性格の象徴ともなる。一例をあげると、『十日の菊』（昭和三十六年）の元大蔵大臣、森重臣がこの戯曲の中で初めて登場するのはサボテン温室の中でである。重臣は、その娘がサボテンを指して言う通りの人物であるらしい。「乾いて、トゲだらけで、気味のわるい形をしてゐて」。それに対して重臣はこう答える。

「こいつらは自然界のいろんなものの形をまねてゐるが、まねると云つてもつまりその本体をからかつて、ふざけたカリカチュアを作らうとしてゐるんだ。」

このサボテンの場合以上に、洋蘭は当時、退廃爛熟の象徴としてうってつけの存在であった。

　何だか、美の病気ともいふべきものに罹つた風情を見せてゐた。洋蘭には多かれ少なかれ、さういふ感じがあつた。（『獣の戯れ』）

洋蘭は、三島の世界では温室とセットとなって、野口や草門の地位・財産を示すと共に、その人物そのもの、そういう人物の集合である階層、社会の退廃爛熟をも意味していたのである。それは、『獣の戯れ』で幸二が考える社会像に如実に現われている。

　幸二はこれらの花や葉が散らばり浸透してゆく社会を夢みた。目くるめくばかりの巨大な構造を持ち、グロテスクな真黒な複雑な形をしたその社会が、体のそこかしこに小さなリボンを結びつけるやうに、これらの花や葉をぶら下げてゐる姿を思ひゑがいた。花はそこでは戯画に役立つてゐるだけだつた。そして社会の、功利的な感傷や、偽善や、安寧秩序や、虚栄心や、死や、病気や、……およそろくでもない個所々々へ、これらの花や葉は、病菌のやうに、抜け目なく撒布され滲透してゆくのだつた。（五章）

しかし今や洋蘭からは、このような意味合いが大きく後退している。デンドロビウムやシンビジウムのような普及種ともなれば、もはやシクラメンやプリムラ、シネラリア（サイネリアとも呼ばれる）というような昔からの鉢物草花と比べ、たいした地位の差はない。まず居住暖房が充分普及したため、土地の問題を別とすれば、温室を持つことそのものの贅沢さは以前ほどではなくなった。そのうえに、デンドロビウムのような種類であれば、現在の家庭暖房程度で充分育つことが周知になった。

以前の洋蘭の高級感は、裏返しにいえば家庭暖房の貧弱さを反映していたのに過ぎなかったわけである。蘭が高価だった理由として、大量に殖やすことができなかったという生産の問題もあげられるが、これも現在では多くの種類について組織培養の技術が進み、フラスコの中で大量に殖やすことが工業レベルで可能となっている。むしろ今では、贈答品としての価値を保つため、価格調整を行なっているくらいだ。

かくして家庭暖房と組織培養という技術の進歩は、洋蘭の地位を非常に下げることとなったが、これを機として、洋蘭の一般普及が始まったのも事実である。それを大いに促進したのが、洋蘭の年末から春にかけての開花期に着目した商業戦略であった。過去にステイタス・シンボルであった洋蘭を手頃な価格に保つことで、洋蘭は、贈り物好きの日本人の間で格好のギフト商品に育ったのである。

その副産物として、今日洋蘭には、冬から春にかけての花、という季節感がほぼ完全に定着している。洋蘭展も最近までは冬に限ったものだった。ところが、三島の創作していた当時はそういう季節感ではなかったらしい。『宴のあと』のデンドロビウムが二回目に登場するのは八月であり、『獣の戯れ』でも、洋蘭は「夏場」出荷されるものとして描かれている。また、『宴のあと』で最初にデンドロビウムが登場するのは十一月であるが、三島はこれに、わざわざ「温室物の」という断わりをつけている。当時は、洋蘭に対して熱帯の花、夏に咲く花というイメージがあったらしい。これはおそらく、栽培に温室（＝擬似熱帯空間）が必要なことからきたイメージであろう。

しかし、これは完全な誤解である。この二つの作品に登場する種類について原種をたどると、いずれも一般に想像するような赤道直下の産ではなく、四季の変化の存在する地域に分布する。詳しくいえば、園芸店でいうところのいわゆるデンドロビウムの原種は、ノビル種（*Dendrobium nobile*）といい、ヒマラヤから中国雲南の産、シンビジウムの原種は、ベトナム高地のインシグネ種（*Symbidium insigne*）である。暖かいところには違いないが、常夏の熱帯ではない。最近では、これに日本に自生する種類（例えば、デンドロビウム属でいうと日本にはセッコクやキバナセッコクが、シンビジウム属でいうとシュンランやカンランなどが分布している）を交配したものも商品化されていて、それらはさらに温帯的になっている。

それだけではない。花芽の形成のためにはデンドロビウム、シンビジウムいずれの場合も、もともと一定の長さの低温期、つまり秋を必要とするので、どこで栽培するにしても、その開花は秋より後、冬から春となる。この辺の事情は、実際に育てれば直きとける誤解であるから、当時は洋蘭がそれだけ高嶺の花、身近なものではなかったわけである。実際、三島は『宴のあと』の時点では正しく表記していたのに、一年後の『獣の戯れ』では「シンピジウム」、「デンドロジウム」という誤りを犯している（『決定版　三島由紀夫全集　第八巻』平成十三年刊で訂正されている）。今ではさすがにこういう間違いを花屋で見ることはない。もっとも、これは余談だが、似たようなことは、新顔の蘭で今でも見ることがある。切り花のエピデンドラム（*Epidendrum*）をエビネランといって売っているのは何回か見た。こういうところに時代は如実に現われる。

ところで時代といえば最近は、家庭でもクーラーが急速に普及したのを受け、アンデス山系などの高地原産で、日本での栽培には夏に冷房が必要な種類、マスデヴァリア（*Masdevallia*）属などの洋蘭がマニアの間で流行し始めている。これらの種類がいかに暑がりであるかは、高山植物を思い浮かべていただければ間違いない。とても熱帯ジャングルの植物というイメージでは捉えられない洋蘭である。

今までの洋蘭のイメージとは正反対の種類が普及し始めた一方では、まさに昔のイメージそのままの、正真正銘熱帯原産のため、専用の温室でなくては咲かせられない種類も相当に普及し始めている。あるいは、オーストラリアやアメリカ、ヨーロッパの平地や山地に生える地生蘭を育てる人も多くなってきた。こうなってくると、むしろ山野草栽培の感覚に近い。

洋蘭人口が急速に増加する背景には、このような洋蘭のイメージの細分化、大袈裟に言えばパラダイムの変換が起きているのである。もしいまだに洋蘭といえばデンドロビウムやシンビジウムばかりだと思っていて、しかもそれを後生大事に専用の大温室で育てる富豪というのを書く作家がいたとしたら、それは不勉強も甚だしいということになろう。今もしスティタス・シンボルとするならば、冷暖房はおろか、湿度の調整も光の照度・あたる時間も角度も自由に調節できる人工気象器あたりでなくてはならない。一棟は冷室として高地原産のマスデヴァリアとかプレウロタリス（*Pleurothallis*）を育て、あるいはヒマラヤ奥地の高山植物群をそこに再現し、別の一棟では赤道直下の熱帯多雨林を模した空間を作りだす（ついでに自分の夢を書いてしまった）。そういう栽培設備こそスティタス・シンボルとなるだろうが、まだそういうものを登場させた作品にはお眼にかからない。それはやり過ぎとしても、三島が今日も存命であったならば、洋蘭が生活様式の忠実な鏡であることを利用して、これだけ多様になった洋蘭の種類を、様々な登場人物・シチュエーションに合わせて描き分けるくらいの芸は見せてくれたのではないだろうか。あなたの育てている洋蘭の種類を教えて下さい、そうすればあなたがどういう人間か当てて見せましょう、という具合に（こういうのはむしろ開高健あたりが好きなやり方だろうか）。三島ならできない相談ではあるまい。

しかし、冷静に考えてみよう。三島が生きていたとしてもそうしたことは可能だろうか？　自分の作品の読者とは、自分が作品中で使った個々の言葉の、そこにある必然性を正しく読み取れる者だけだ、と言った三島のことである。あるいは、今の蘭はあまりに細分化が過ぎ、それぞれの種については読者との意思の疎通が不可能だとして、全く触れないことにしたか。

これだけ人々の生活・価値観が多様になってしまうと、誰にも通じる植物名というのは逆に限られてくる（これは植物名に限らない）。とすれば、今文学の世界に流通している以上に植物相を豊かにすることは不可能かもしれない。今後はもはや、桜、バラ、菊、チューリップ、それに松、竹、梅、そのくらいしか小説中に植物名を見出すことはなくなるのだろうか。

しかし、読者が多様化して遠心的に散ってゆくのならば、共通部分に踏みとどまる作家の他に、読者を追ってゆく作家もまた、あってしかるべきである。

というわけで、植物愛好家に読者を絞った、植物相の彩り豊かな、しかも文学的に手抜きのない、質の高い小説を書いてみせる作家を、私は（どさくさに紛れて）希望する。

（『文藝春秋』一九九一年二月号「洋蘭今昔」を改題）

文庫版追記　私は現代小説の熱心な読者ではないため見落としがあるかも知れないが、その後も日本の作品では植物相の豊かなものは見当たらないようだ。たとえば熱烈なファンが世界的にも多い村上春樹の作品では、植物はめったに出てこない。朝井まかてが日本の植物学の父とも称される牧野富太郎を主人公とした『ボタニカ』という小説も二〇二二年に出たが、その中に登場する植物の描写は、残念ながら不正確あるいは間違っているところが多かった。エッセイだと園芸愛や花への関心を語る方は多いのだが、小説ではなかなか見ない。古井由吉の晩年の作品や、『f植物園の巣穴』などの梨木香歩作品群が数少ない例外だろうか。引き続き期待して待とう。

志賀直哉と藤の巻き方

『文章読本』（昭和三十四年）の中で三島由紀夫は「動物を表現した良い文章」という「質疑」に対して、「これは誰に聞いても志賀直哉氏の『城の崎にて』をあげるのが常識になっています」と答えた。

実際志賀直哉の文章は、動物の描写に関して非常に優れたものがある。『城の崎にて』（大正六年）の、川に投げ込まれたねずみの描写、いもりの描写。『ある男、その姉の死』（大正九年）の小鳥の巣とそれを狙う蛇の描写、『濠端の住まひ』（大正十三年）の家守、虫、殿様蛙、木の葉蛙のユーモラスな描写。いずれも生き生きとしていて、実にリアルであり、情景を彷彿とさせる。そればかりでなく、これらの動物を見ている人物の側の姿まで、同時に感じ取れるところがさすがである。

その一方で志賀直哉は、植物も得意としたらしい。『図書』九一年二月号の阿川弘之・北杜夫・奥本大三郎、三氏の鼎談で阿川氏は、植物を「志賀先生は好きだし、詳しかった」、氏がアオキの名前を当てることができなかった時、志賀直哉に「よくそれで小説書いてるね」と言われた、と語っている。

なるほどそのつもりで読んでみると、動物の描写に比べれば若干見劣りするものの、志賀直哉の作品には、対象を熟知した上で植物を使っていることがうかがえる。ただし普通に作品を読んだ場合は、植物の多くは点景として登場するにとどまること、また一方で動物の描写があまりに際立っていることから、植物の描写については特別意識されることは少ない。

そもそも志賀直哉の作品では、植物が前面に出てくるものは非常に少ない。直哉の書いた植物というと、すぐ思い浮かぶのは『清兵衛と瓢箪』（大正一年）だが、この瓢箪は美術品（加工品？）であって、植物としての登場ではない。その点、『矢島柳堂』（大正十四年）の「白藤」の段などは例外といってよい。

> 柳堂は或時不図、藤蔓が常に左から右へ同じ方向にばかり巻いてゐる事を発見した。彼は直ぐ今西を呼んで近所の別荘の藤を見さしにやつた。
>
> 暫くして帰つて来た今西は、蔓は成程、柳堂のいふやうに同じ方向に巻いてゐるが、左から右へではなく、右から左へ巻いてゐたと報告した。

ここで右巻き、左巻きの定義で一寸した会話があり（蔓の右巻き、左巻きについては、植物学は昔から「旋毛曲《つむじ》がり」で、物理・化学その他の分野での定義と逆になっている。この点については、木原均著『小麦の合成』〔講談社〕の「つる植物の巻き方」にくわしく述べられているので、関心のある方には一読をお勧めする）、それでも納得できない柳堂は「をかしいね。もつと他《ほか》の藤を見て来て呉れ」と言うので、「今西はそれから二三軒藤のある家《うち》を見て廻つたが、何《いつ》れも右から左へ巻いてゐた」。

柳堂は不興顔をして云つた。

「そんなら此藤が片輪なんだ。――藤の旋毛《つむじ》曲りも珍しくて面白い」

この話には続きがあって、翌朝、柳堂は目を覚ますなり、今西を呼んで「気の毒だが、不動の滝前にある藤を見て来て呉れ。いいか。よく見て来て呉れよ」と言う。その結果、その不動の滝では、「他に二株白藤を見て来ましたが、皆左から右へ巻いてゐました」ということになる。

ここはなかなか面白い話で、少なくとも、日本の藤に二種類あることと、その二種類の藤の見分け方を知っている読者にとっては、一々頷くことができるという衒学的な楽しみがある。もっとも反面、理が勝っている感が強く、種を明かしてしまえばそれだけという感も否めない。

引用した以上は、種を明かしてしまおう。ここで「旋毛曲がり」だの何だのと言われている藤は、ヤマフジ（*Wisteria brachybotrys*、フジとも言う）。それと反対に巻いているほうはフジ（*W. floribunda*、ノダフジとも言う）で、共に分類学上、属までは同じだが、全くの別種なのである。しかし、それぞれよく似ている上に、どちらも園芸化され、一般にはまとめて藤といっているため、こういう話となるわけで、志賀直哉は、このへんの事情を正確に知っていたとみえる。実際、ここは藤の専門家が書いたのではないかと思われるくらい、実に厳密な設定が組まれている。

例えば、二種類の藤の分布域を取り上げてみると、「旋毛曲がり」のヤマフジはフジと異なり、本州では中部地方以西にしか分布しない。ところが、作品ではこの場所は「千葉県東葛飾郡」となっている。つまり、今の千葉県我孫子《あびこ》市である。不動の滝は確かに我孫子近くにあるし、作中の「沼」は手賀沼のことであろう。すると、中部以東の我孫子にヤマフジがあったことになり、一見、これは問題があるように見える。これを解決するには、ここに出てくるヤマフジは栽培種ということにすればよい。そこがうまくできていて、最初に蔓の問題に気がついたのも「庭先の藤棚」の藤、不動の滝にあった「旋毛曲がり」も、野生種でなく「白藤」とある。なるほど、ヤマフジの栽培種としては白花の「白藤」が有名である。これなら問題はない。

この、出来過ぎなくらいの正確さから見て、ここで描かれていることは、志賀直哉が偶然発見したことではないと思われる。この作品を書くに当たって、藤に関する何らかの記載を元に構想を立てたことは、疑いない。

また、ここに書いてあることが当時事実だったとしても、おそらくその事実確認は、構想ができてから行なったものであろう。理が勝った感がするのもそういうためではないか。作者自らもそれが気になったのか、岩波文庫の解説に『鷭《ばん》』と『百舌《もず》』だけに愛着がある」と書き残している。

確かに、それぞれの段の題になっている鷭や百舌の描写は、実際の体験を彷彿とさせ、生き生きとして作りごとめいた読後感がない。さすがに動物を得意とするだけのことはある。しかし、「白藤」の段の藤の使い方に発揮されている、作者の知識の正確さ・関心度の高さもまた、さすがといって良いのではないか。

その知識の正確さは、直哉が植物の名称を列記する時の、特徴的な表現上の工夫にも発揮されている。今引用した「白藤」の段の後半は、舞台が軽井沢に移り、ここに「桔梗、女郎花《をみなへし》、鬼百合、松虫草などが咲き乱れてゐた」という文章がある。これは、高原の様子を描写した箇所なのだが、注目してほしいのは、四つあげられている名前のうち、その半分を秋の七草のメンバーが占めていることである。

ちなみにここで「鬼百合」とあるのは、高原であるからコオニユリのことであろう。これは、取り違えたというよりは、亜高山帯のコオニユリは知らなくても、素人目にはよく似た鬼百合なら、名前から姿が分かるだろうとの配慮と思われる。

すると、前半二種はよく知られた秋の七草、後半二種は正に高原に咲く花ということになる。高原の花々を示す時、直哉はこういう取り合わせを好んだようだ。もし私自身がこういうところを書くと、おそらく、一般の読者が全然知らないような名前ばかり書き連ねてしまうだろう。そうすると、植物の名前に詳しくない読者は、その情景を思い浮かべるのが困難となる。かといって、ここを秋の七草で埋め尽くしてしまうと、どう読んでも高原のイメージが浮かばず、リアリティーの欠けたものとなってしまう。二つの問題を解決するには、ここで引用したようなやり方が一つの手段となる。同じような例は、『暗夜行路』(昭和十二年)の最後の部分にも見られる。

竜胆《りんだう》、撫子《なでしこ》、藤袴《ふぢばかま》、女郎花、山杜若《やまかきつばた》、松虫草、吾亦紅《われもこう》、その他《ほか》、名を知らぬ菊科の美しい花などの咲乱れてゐる高原の細い路を二人は急がず登つて行つた。

(第四、十三)

彼方《あつち》にも此方《こつち》にも、花をつけた山独活《やまうど》が一本づつ、遠くの方まで所々に立つてゐるのが見えた。その他、女郎花、吾亦紅、萱草《くわんざう》、松虫草なども萱《かや》に混つて咲いてゐた。

(第四、十九)

ここもやはり、秋の七草が組み入れられている。また、先の「鬼百合」の時と同じような、聞き慣れない名前ばかりとなることを避ける工夫がここにも見られる。本当の標準和名を使わず、一般によく知られた杜若に「山」を付けて「山杜若」という名前を合成し、一般にも想像できるようにしたり、「名を知らぬ菊科の美しい花」として、読者に馴染みのない名前を書かなくて済むようにしたり、といった技法がそれである。こうした、植物の名前に対する配慮は、志賀直哉の文章の特徴の一つといってもよかろう。

ただ、七草を組み入れるという工夫についていえば、これは直哉独自のものではなかった。高原に花の咲き乱れるさまを、読者に分かり易く描写しようと心掛けると、必然的にこうなるとみえて、様々な作家にこういう形が見られる。泉鏡花にもこうした形は見られるし、直哉と同じ頃では、横光利一の『榛名』（昭和十年）に、

> 山面を遠くから雲のやうに白く棚曳き降りて来た独活《うど》の花の大群生が湖面にまで雪崩れ込んでゐる裾を、黄白の野菊や萩、肉色の虎杖《いたどり》の花、女郎花と、それに混つた淡紫の一群の花の、うるひ、薊《あざみ》、竜胆、とりかぶと、みやまをだまき、しきんからまつ、――道はだんだん丈なす花のトンネルに変つて来る。

という例がある。

どうやら、七草を組み入れるやり方は常套手段だったようだが、これは危険なやり方でもある。設定が高原である以上、その雰囲気を出すためには、普通には聞きなれないような山の植物の名前も、欠くことができない。そのため下手をすると、普通の読者は見たこともない名前をつきつけられ、どんな花が咲いているのかさっぱり見当がつかないということになる。また一方では、実際の植生を知っている読者からすれば荒唐無稽ということにもなりかねない。

実際、作家によっては、自然植生では絶対に不可能という組み合わせを書く例も、見られる。横光の『榛名』から引用した先の箇所などは、大胆といって良い。ここでは「みやまをだまき」と「女郎花」との組み合わせが特に極端で、この二種では、咲く環境（前者は高山のガレ場。後者は山地草原）も、咲く時期（同じく真夏、秋）もまるきり異なるから、一時に見ることは決してできない。

志賀直哉は、藤で見せたような正確な知識をもっていただけに、こういう違和感を出してしまうことはなかった。一般読者にも高原の景色が想像できるように、しかも、実際を知っている読者にも違和感を与えないように、という非常に難しい試みを、名前の工夫や、取り混ぜる植物の種類の選択の工夫によって、成功させた。その点、志賀直哉の作品は植物の扱い方においても特記すべきものがあったといえよう。

ところで、『暗夜行路』の今挙げた箇所の描写は、主人公の謙作が書く手紙、「私は此山に来て小鳥や虫や木や草や水や石や、色々なものを観てゐる。一人で叮嚀に見ると、これまでそれ等に就いて気がつかず、考へなかつた事まで考へる。そして今までなかつた世界が自分に展けた喜びを感じてゐる」（第四、十六）という一節に合わせるために成されたものと考えられる。そのために、それまで殆ど出てこなかった植物の名前を、前後の段で列挙する必要があったのではないか。ここで志賀直哉は、植物について今述べたような見事な工夫をして見せたとはいえ、実質は名前の列挙だけで終っている。反面、この手紙の前後で同時に増える動物の方の描写は、さすがにそれだけにとどまらない。例えば、

彼は石の上で二匹の蜥蜴《とかげ》が後足《あとあし》で立上つたり、跳ねたり、からまり合つたり、軽快な動作で遊び戯れてゐるのを見、自らも快活な気分になつた。

彼は又此所に来て鶺鴒《せきれい》が駈けて歩く小鳥で、決して跳《と》んで歩かないのに気がついた。さう云へば鳥は歩いたり、跳んだりすると思つた。　（第四、十四）

こういう生き生きとした動物描写は、枚挙にいとまがない。「小鳥や虫や木や草や水や石や、色々なものを観てゐる」と設定してはいるが、植物は名前が列記されているだけ、一方動物は、その行動を実際によく見なければ書けないところまで、書きこんでいる。『矢島柳堂』もそうだったが、一つの作品の中での比較として、自然を描写した箇所を読

んでみると、直哉はやはり、基本的には動物と、そして人物を描くのが本領の作家だったのだ、という感を改めて強くする。しかし動物描写との比較をやめて客観的に見れば、志賀直哉の植物に対する関心・知識は相当のものだった。しかもその知識の正確さは、作品で表現する時は逆に、植物に不慣れな読者のためにあえて不正確な名称を用いるなど、余裕をもってオブラートに包むことができる域に達していたことも、また事実である。

（『図書』一九九一年三月号「志賀直哉　作品と植物」を改題）

スイートピーは悲しみをのせて　横光利一

大学の行き帰り、地下鉄の駅でポスター広告が目についた。プリペイド・カードの意匠に、文学に描かれた花をテーマとしたシリーズの発行が始まったのだという。その原画は、一人一人異なる画家が文学作品を選んで、それぞれのイメージになる花を描いたものである。その中の一枚に、横光利一の代表作の一つ、『春は馬車に乗つて』（大正十五年）のスイートピーがあった。

この作品は、もう長くはないであろう妻と、その妻を看病する主人公との会話を中心にして進められていく。スイートピーが登場するのは、主人公が妻の延命を「もう駄目だ」と覚悟し、幸せ薄かった二人が「完全に死の準備をして了《しま》」い、静かな諦念が語られたあとの、作品の一番最後である。

或る日、彼の所へ、知人から思はぬスヰートピーの花束が岬を廻つて届けられた。
長らく寒風にさびれ続けた彼の家の中に、初めて早春が匂やかに訪れて来たのである。

彼は花粉にまみれた手で花束を捧げるやうに持ちながら、妻の部屋へ這入つていつた。

「たうとう、春がやつて来た。」

「まア、綺麗だわね。」と妻は云ふと、頬笑みながら痩せ衰へた手を花の方へ差し出した。

「これは実に綺麗ぢやないか。」

「どこから来たの。」

「此の花は馬車に乗つて、海の岸を真つ先きに春を撒き撒きやつて来たのさ。」

妻は彼から花束を受けると両手で胸いつぱいに抱きしめた。さうして、彼女はその明るい花束の中へ蒼ざめた顔を埋めると、恍惚《こうこつ》として眼を閉ぢた。

ポスターの絵では、朱に近いはっきりした色の花が花瓶に活けてある形になっていた。が、私の感じからすればここは、いかにもスイートピーらしい、ひたすら甘く明るい淡桃色の花束があうように思われる。またこの場面を読む方の多くは、「匂やかに」とあることもあって、ここにスイートピーのややセンチメンタルな色彩に加え、この花が持つ香りを脳裏に浮かべることであろう。スイートピーは、毎年春になるとかならず花屋の店先を明るく彩る、紙細工のような花弁の、甘い香りのする花である。豆を食用にするエンドウに似たところもあるため、以前はハナエンドウとも言った。

最近スイートピーは、色彩がやわらかく香りも強いために、春の切り花としてとみに人気が高まっている。このところ切り花は、色彩の面でも以前のような単純な赤や黄色の原色よりも、萌黄《もえぎ》色や淡紫桃色のようなパステルカラーのもの、あるいは金属光沢のある青など微妙なものが求められるようになってきており、多様化が進んでいる。香りのある花に対する需要傾向もその一環で、これらは生活のゆとりと、趣味の洗練の結果とみられている。

横光の当時のスイートピーは、かなりハイカラなものだったのだろう。実際、この花はあまり日本の文学作品に登場しない。ところが横光の場合には、いくつもの作品にスイートピーを認めることができる。これは異例のことである。彼は、外遊した折に強い印象を受けたのか、あるいは何か特別の思い出や愛着があったのだろうか。

例えば『天使』（昭和十年）を読むと、登場人物の幹雄は雪子に関して、「花瓶に刺さつたスヰートピイの花越しに」見る姿での思い出を抱いている。『慄へる薔薇』（大正十四年）では、夫婦が春の花の種をまく相談に、罌粟《けし》、「フリジヤ」、「チユリップ」に交じって、やはり「スヰートピー」が出てくる。この作品ではそれだけなのではあるが、あまり他の作家が使わない花だけに珍しく、目立つ。もっとも、『春は馬車に乗つて』並みに大きな位置を占めている作品としては、他には『無礼な街』（大正十三年）くらいであろう。主人公の「私」の「汚い部屋の中には到る所の花瓶や花筒に花豌豆《えんどう》が刺してある」。

私は此のまる二年と云ふもの雌蕋の夜の眠りの研究に没頭して来た。妻は何ぜ逃げたのか。私にもよく分らない。恐らく貧困のためであらう。それ以外のことを考へると云ふことは、とにかく考へ得られるにしてもあまりに自分の妻を見下げることだ。私は彼女を愛してゐる。何ぜか。愛してゐる。私が初めてスヰートピーを買つて来た時、妻は夜の寝衣に帯を締めかけてゐた所であつた。

「あら、まア、スヰートピーね。スヰートピーだわ。まア、綺麗だわねえ。」

彼女は私の持つてゐる花束を奪ひとると、ぱらりと帯を振り捨てて高く両手でその花束をささげながら云つた。

「あなた、これ一寸スヰートピーよ。まア、美しいわね。」

彼女は直ぐ帯も締めずにふわふわとそのまゝ流しもとの水の傍へ飛んでいつた。一束の花にも、それほど心を奪はれる彼女であつた。敏感と云ふことが、もし鈍感のやうに沈着に重々しいものであつたなら、私の生活は寔《まこと》に萎れぬ一対の花のやうに、いつまでも幸福であつただらう。

だが、スイートピーと同様、その生活は萎れやすいものであった。そのことは、こうして一人となって暮らしているところへ突然やって来た女が、指摘する通りである。

「あなた、花が好きなの？」と女は訊いた。

「いや。」

「沢山あるわね。」

「君は好きかね？」

「好きだわ。綺麗だわね。あの花もいいわ。直ぐ凋《しぼ》んで了はない？」

「凋むよ。」

「豌豆？」

「さう。」


「私」は、その後で、「こんなのが僕の商売なんだ」と言って、「指の血を拭いたスキートピーの花弁を鏡盤の上に置いて度を強め」、血球を顕微鏡で見せてやったりする。「私」は寂しく悲しい、すでに萎れてしまった人間だったのだろう。

横光の描くスイートピーはいずれも、男性が女性のかたわらにさみしく見出す花であった。『春は馬車に乗つて』の場面でもこの花は、慰めを求めている人間にこそふさわしい、つかの間の、「直ぐ凋んで了」うささやかな憩いであった。これはスイートピーを見たことのある人ならば、誰にでも納得されるイメージであろう。あの色彩は明るい春をよく表現するが、しかし夏の朝のような強さのある明るさ、生命力溢れる明るさではない。あくまで、冬の痛手を癒す春の優しさにとどまっている。

横光とは全く作風の異なる中島敦も、この花スイートピーをそういうイメージで捉えていたらしい。『斗南先生』（昭和七年）の第五章、伯父の死をいたむ場面。

彼は自分の不覚が腹立たしく、下を向いたまゝ廊下へ出ると、下駄をひつかけて庭へ下りて行つた。六月の中旬のことで、庭の隅には丈の高い紅と白とのスウヰートピイが美しく簇《むらが》り咲いてゐた。花の前に立つて、三造は、暫く涙の涸くのを待つた。

いささか少女趣味的なくらいに色彩と香りが甘いこの花には、華やいだ場面によりむしろ、人の悲しみの場面にこそ似合うものがある。現在スイートピーに人気があるという背景には、生活の洋風化の徹底や、平和に浮いた気分から香りにも関心がいくようになったということもあろう。しかしそればかりではあるまい。むしろ平和なだけに、何らかの個人的な悲しさにとらわれ、慰めを求めている人が多いということなのかも知れない。

『デンドロカカリヤ』異聞

安部公房の短篇小説に『デンドロカカリヤ』（書肆ユリイカ『飢えた皮膚　安部公房創作集』昭和二十七年）というものがある。この作品は、主人公「コモン君」が何かの拍子に「変形」して植物になってしまうという設定の小説で、その植物の名前が小説の題名の『デンドロカカリヤ』の由来である。

ところでこの「デンドロカカリヤ」、実は、安部公房の小説に出てくる数多くの奇妙な生物としては例外的に実在の植物である。しかも私の推察が正しければ、小説に出てくる木は小石川植物園（東京大学大学院理学系研究科附属植物園）にあったものである。

私は以下に述べる理由からほぼそうに違いないと考えている。しかし今のところ、これはあくまで推測に過ぎない。本当のところは作者に聞けばよかったのだが、私は畑違いの植物学徒、御本人に確認する機会を持たないうちに、突然亡くなられてしまった。将来何か日記や取材ノートなどの資料から確認できるかも知れないが、さてどうだろう。ともかく、以下私の推察を述べることにしたい。

そのためにまずは、「デンドロカカリヤ」の描写を本文から書き抜きながら小説の粗筋を紹介する。

主人公の「コモン君」はある日突然、「ぐにゃぐにゃした細い、緑褐色の、木とも草ともつかぬ変形」を体験する。それからまる一年は何事も起こらなかったが、彼の「変形」に気がついていた「Ｋ」（と名乗っているが、同時に彼は「Ｋ植物園」の園長でもある）の呼出しに呼応して彼は二度目の「発作」を起こしてしまう。その特徴——。

草とも木ともつかぬ奇妙な植物、指先は葉になっていて、形は菊の葉に似ていた。あまり見ばえのしない、しかし見馴れぬ植物。

この場は無事に済み、再び元に戻ったコモン君は逃げるようにその場を去る。しかしその直後、丘の上の焼け跡でコモン君は三度目の「変形」を起こし、その最中に彼はＫに採集されかかる。

「やっぱり、デンドロカカリヤだ！」（中略）
「内地でデンドロカカリヤが採集できるなんて、まったく珍しいことだよ。」

ここで読者は、この小説の題名の「デンドロカカリヤ」が、コモン君が変身したときの植物の名前であることを知る。この名前が学名であることは、終り近くになって「K植物園長」が来訪をコモン君に予告する手紙にそのフル・ネームを記すことで分かる。

「デンドロカカリヤ・クレピディフォリヤ殿――」

これはラテン語で、学名の片仮名表記である。このKからの手紙で、この植物の原産地も同時に明らかとなる。

「貴方《あなた》が、母島列島以北に存在するとは驚きましたよ。」

「母島列島」とは、小笠原諸島の母島のことと見て良い。盛んに「K植物園長」が珍しがっているとおり、「デンドロカカリヤ」は小笠原諸島に固有な種なのである。

さて、その夜予告通りに訪れたK植物園長は「つまり、私は、あなたに植物園の一室を提供しようっていうわけなんですよ」と言い、植物園にデンドロカカリヤの姿で植わってくれるようにコモン君を説得するが、コモン君はこれを拒絶する。それに対して「K植物園長」は「すばらしい温室です。それに政府の保証です。じゃさようなら。期待して待ってます。きっといらっしゃいますよ。賭けてもいいくらいだ」と言って帰る。最終的にコモン君は自ら植物園に出向き、ナイフを取り出してK植物園長に挑むが、それも「間のぬけた、こっけいな結果」に終り、結局植物園の「母島の気候と寸分異わないように」「充分な設備がととのえて」あるという温室の隅っこに納まってしまう。

たちまちコモン君は消え、その後に、菊のような葉をつけた、あまり見栄《みば》えのしない樹が立っていた。

植物園長は笑いながら、Dendrocacalia crepidifolia と「カードに達筆をふる」い、「そして、それを、コモン君の幹に大きな鋲《びょう》でしっかりとめ」、この小説は終る。

以上が小説の概略と本文中にある「デンドロカカリヤ」の特徴である。本文に学名がきちんと記されているから、間違いなく、この「デンドロカカリヤ」とは和名でいうワダンノキのことである。ラテン語や植物分類学を身に着けている読者には、実物を知らなくてもどんな植物かおおよそのところは知れよう。*Dendrocacalia* の dendron は木、cacalia はキク科コウモリソウ属で、*Dendrocacalia* 全体で、キク科コウモリソウ属に近縁な、しかも木になる植物を意味する。続く *crepidifolia* は crepis（クレピス属）と―folia（―の葉の）の合成でクレピスのような葉の、という形容詞である。このように学名を訳してみると、小説に記されている特徴はおおよそ学名の意味によって書かれているように思える。「木とも草ともつかぬ」という描写は *Dendrocacalia* の示す意味から遠くないし、葉の「形は菊の葉に似てい」るという描写も *crepidifolia* の示す意味に形の上で対応している。作者安部公房は、遠く小笠原にしかなく知名度も低いこの植物の特徴を、学名からだけで推測し、表現したのであろうか。その意味で疑問の点が二つある。

*

ワダンノキは小笠原諸島のみに自生する日本固有の種である。小笠原諸島は日本に二つしかない亜熱帯地域の一つで、もう一つの亜熱帯地域である南西諸島でいうと、緯度にして奄美群島から沖縄本島にかけてに相当する地域である。その小笠原諸島でもこの植物が、確実に自生しているのは母島だけとなっている。そのような希少種であることに加え、さらに注目すべきは、この植物が東アジアのキク科植物の中で最も大型の木本《もくほん》だということである。そもそもキク科の植物には実に沢山の種類があるものの、木になるものはアジアではごく少ない。そんな中にあってこのワダンノキはれっきとした木で、高さも四メートルになるという。現地で自生しているところの写真をいくつか見たところ、疑う余地なく確かに木である。学名も木であることをはっきり示している。それをなぜ小説では「木とも草ともつかぬ」といったのだろう。これが疑問の第一である。

次に、葉の「形は菊の葉に似ていた」という表現であるが、学名から来た表現だとするとこれも正確にはおかしい。学名の *crepidifolia* は先に述べたように「クレピスに似た葉の」であって、「キクの葉」ではないからである。この表現は学名とは別のオリジナルな観察によるものなのだろうか？ これが第二の疑問である。

第一の疑問はさておき、第二の疑問に関しては小説を離れた問題が含まれている。それというのも困ったことに、ワダンノキの葉を実際に見ると、日本にもクレピス属の植物は二、三あるが、それらの葉とは全く似ていないのである。描写のとおり、キクの葉に似ているといったほうがいい。この学名には何か特殊な事情があるのだろうか。

問題のワダンノキの学名は、詳しく書くと *Dendrocacalia crepidifolia* (Nakai) Nakai ex Tuyama で、学名の後半部は中井猛乃進氏と津山尚氏とがこの植物の命名者であることを示している。その一人、津山氏は小笠原諸島の植物の権威であったが、生前伺ったところでは、学名のうち、種小名に当たる *crepidifolia* は、やはり文字どおり「クレピス属に似た葉の」と読む学名だそうである。ただ、これは半ば直感的に中井氏が類縁を推察して付けた名で、今から見ると非常に不適切な名ではあるのだが、学名の命名規約に縛られて訂正ができず、そのままになっているものだ、という。するとやはり、この植物の学名は

「菊の葉に似」た葉を持つ、と読むことが出来ない。それでは安部公房は実物を見たのだろうか。

この二つの疑問点を考えると、私は、作者安部公房は実物を、それも温室育ちの幼木を見たと考えるのが一番つじつまが合うと思う。津山氏はその点に関し、小説の『デンドロカカリヤ』を発表直後に読んで以来、どうして珍種ワダンノキの存在を作者が知っていたのか非常に不思議に思った、やはり作者は小石川植物園で見て知ったのではないかと思う、と話しておられた。

私も「K植物園」のモデルは東京の文京区にある小石川植物園だと思う。「K植物園」は、「政府の保証です」と繰り返す園長のせりふからして私立の植物園ではない。そのうえで、作品成立の昭和二十年代初め以前に小笠原の固有種を栽培できた所、集めていた所となると候補は限られる。そこへ作者安部公房が東大医学部卒であることを考え合わせると、縁のある小石川植物園の可能性が極めて高い。第一、Kという頭文字が一致するではないか。

もう一つ、安部公房は『デンドロカカリヤ』を『表現』に発表した昭和二十四年の前年に東大を卒業、この頃小日向台町に住んでいた。小石川植物園はこの小日向台町の近くである。母校附属の、自宅近くの植物園として、安部公房が小石川植物園になじんでいたであろうことは容易に推察できる。そして実際、ワダンノキは当時から小石川植物園にあったそうである。

作品を書く以前から、安部公房がその響きのユーモラスな学名を知っていたのでなくては、ワダンノキはこの作品の主題とはなりえない。知名度が低く、しかも小笠原にしかないこの植物を知る機会は、おそらく小石川植物園以外にはありえなかったであろう。さて、これを小説に使うとするとどういう植物か分かり易い比喩が必要になる。が、非常に珍しい植物なので資料も少ない。実物を温室で観察しても、「あまり見ばえのしない、しかし見馴れぬ植物」と作品に表現されているとおり、特徴の少ない植物である。そこで学名に沿って表現することにし、まず学名の *Dendrocacalia* に含まれる dendron の語をもとに木であることを確認したが、現地の野生品種と違い、小石川植物園の温室で育っているような幼木はなよなよとしていて、温帯の植物になれた目には何となく木らしくない感がある。それで小説では「木とも草ともつかぬ」と言ったのだろう。こう考えると第一の疑問は解決する。

一方、*crepidifolia* の方については、小説で一般になじみのないクレピスは比喩に使えないし、そもそも作者自身もクレピスという植物がどういうものか知らなかったに違いない。そこで、クレピスに似た葉の、というこの形容詞は考えないことにしたものの、花も咲いていなければ格別目立った点もない植物のこと、特徴といえばあとはやはり葉の形ぐらいしかない。やむをえず、これがキク科であることと、輪郭はおおよそ菊に似ていることから、

K植物園こと小石川植物園に展示のデンドロカカリヤ（著者撮影）

「形は菊の葉に似ていた」と表現することにした、こういうことだったのではないだろうか。

そうだとすると、小石川植物園のワダンノキは「コモン君」だということになる。ただし、安部公房が『デンドロカカリヤ』を発表した当時の木は今ないそうで、今小石川植物園にあるのはその後新たに母島から枝を持ってきて挿した木である。小説には、植物園長にどこかで見付かって説得され、連れてこられるのは「コモン君」一人ではないとある。「現に植物になった沢山の人が、私のところで一番平穏に暮しています」というのはどうも本当らしい。その「沢山の」「コモン君」たちのうちの一人の写真を掲げた。彼もここなら「淋しかない」だろう。

（『図書』一九九〇年二月号「小石川植物園のデンドロカカリヤ」を改題）

文庫版追記　その後、私が小石川植物園長だった二〇一九年、植物園の公開大温室を全面的に新しくしたのを機に、ワダンノキを一本、温室内で地植えにした。その結果、その株はぐんぐん大きくなり、木らしい姿になりつつある。一方、鉢植えのままにしてある方の個体は相変らず「コモン君」風のままだ。どちらも公開展示されているので、機会があればお確かめを。

Ⅳ

関東大震災でカビた街

東京市だけで死者五万八千人を出した関東大震災。その直後、惨憺たる被害を呈する街の様子を尻目に、不思議なことをして歩く科学者たちがいた。

彼らは、大震災のあと各地で生じた火災の跡を見て回っているように見えたが、その実害を調べているのでもなければ、復旧作業を講じているのでもなかった。彼らは、カビを見つけては記録、採集をしていたのである。

神田、湯島、大井町、東京市内だけではなく鎌倉にいたるまで、街は、得体の知れない胞子を撒き散らす、生育旺盛なカビで覆われようとしていた。その胞子の色は灰白色から毒々しい赤橙色に変化し、非常に目立つものだったのだが、一般市民はそのことに注意を払っている余裕はなかった。それを彼らは見守っていたのである。

徳川生物学研究所の徳川義親、江本義数の両氏が、この現象について大正十二年十二月発行の植物学雑誌に「予報」として述べている文を引用する。ちなみにこの論文は、「大火災後発生セルアル糸状菌ニ就《つい》テ」というものである。

九月一日ノ大地震ニヨリ、東京府及ビ其隣接各県ハ甚シキ損害ヲ被リタリ、而シテ東京市ハ大火ノ為メ其大半ハ灰燼ニ帰シタリシガ、其焼跡ニ於テ或種ノ糸状菌ハ罹災後二三日間ニシテ、殆ド総テノ焼ケタル樹木（庭樹又ハ街路樹等）ニ発生シ、其胞子ノ特異ナル色彩ハ、周囲ノ惨憺タル光景ニ対照シテ、吾人ノ注意ヲ惹キタリ。

関東大震災では、東京帝国大学も出火した。当時竜岡町に住んでいた画家・鏑木清方の残した随筆によれば、彼は初め上野に逃げたが、火が回ってきたために帝大の、今、山上会館があるあたりと思われるところに避難したという。そこには、駿河台から焼けだされた一家もいた。東京は非常に広範囲にわたる大火に見舞われたわけである。それだけに、避難所で親しくなってお互いに助け合うという光景もあちこちで見られたようである。徳川氏らがカビを調査するその目前では、まさにそういう生活が営まれていたに違いない。

しかし、徳川氏らの頭には、それに目をむけている余裕はなかった。そもそも、このカビは、一般大衆が目前の混乱に気を取られている隙に乗じて、異常な繁殖を見せていたのである。このことに気がついていたのは、当面の生活に困らない、一部のいわゆる「殿様博物学者」だけだった。

先の論文には、続いてこう書かれている。

又渡辺清彦君ノ言ニヨレバ、遠キ神奈川県鎌倉町ノ焼失区域ニ於テモ、同様ニシテ、焼ケタル樹木ニ此菌ノ夥シク発生セルヲ見、名和長光君ハ焼失区域外ナル東京府下大井町ノ自邸ニ於テ、九月一日即チ地震ノ起リタル日ノ夕刻ニ購入シタル食麺麭《しよくぱん》ニ、翌二日此菌ノ甚ダヨク発生シ、為メニ食用トナシ得ザルニ至リ、更ニ数日後ニ至リテハ、米飯ニモ見出サレ、又幸ニ焼失ヲ免レタル著者江本宅ニ於テモ、畳上ニ雨漏ヲ受ケ置キタル桶ノ下ニ、此菌ノ発生シタルヲ認メタリ。此ノ如ク此糸状菌ハ火災後一時的ニ非常ナル発育ヲ遂ゲタルモノニシテ、誠ニ興味深キ現象ナリトス、(後略)

この菌が人畜無害であって、その発生も震災後の一時的なものだったからよかったようなものの、これがそうでなかったならば、ここに登場する一部の「有閑科学者」たちだけで人々の運命を一身に背負い、カビの退治をしなければならなくなるところであった。それを想定すると一本SFが書けそうだが、無理解の一般大衆・マスコミ、パニックが起こるのを恐れ、真実を一般に知らせないよう奔走する為政者、というお決まりの話になってしまうような気もする。これに、そのカビは遺伝子組み替えでできた新種の猛毒カビであった、などという設定を入れたら……まあ、止めておいたほうが無難だろう。

とにかく徳川氏らは、そんな物騒なことなどは考えもしなかった。さすが当時の博物学者たちは育ちが良かった。彼らの関心事は、このカビがなぜ大火に耐えて生き延びたのかであった。周りの悲惨な焼け跡の背後にある生活者への視点も、その好奇心の前には無に等しかったのである。その結果、彼らは不思議な行動に出た。

恐らく遠目には、一風変わった火事場泥棒のようにしか見えなかったことであろう。その行動とは、焦げた庭木の枝を大量に切りだして持ち帰る真剣な表情の博物学者、科学者の姿が、焼け跡復旧のさ中の神田や本郷で認められたのが、それである。

余等ハ神田区駿河台鈴木町ノ服部氏焼跡ヨリ此菌ノ著生セル、にはとこ・あをぎり・もみぢ・あかまつ、及ビしらかしヲ、其附近ヨリやつでヲ、更ニ本郷区湯島新花町ノ霊雲寺焼跡ヨリやまざくら及ビけやきノ樹枝又ハ樹皮ヲ採り、之ヨリ純粋培養ヲ行ヘリ、而シテ普通ノ場合ニハ一%蔗糖液ヲ適宜ニ加ヘタル食麺麭ニ培養シタルガ、(後略)

その結果培養は成功し、彼らはこの菌の生育の旺盛なのに気を良くした。次のような微笑ましい一文も論文には見える。

二三日間孵卵器中ニ培養シ相当ニ発育シタル時ニアリテハ、ペトリ皿ノ蓋ヲ除ケバ林檎ヲ聯想セシムル一種爽快ナル香気ヲ感ゼリ。

順調な培養の結果、さらにこの菌は「モニリア、アウレア [*Monilia aurea* (Link.) GMEL] 又ハモニリア、アウレオ、フルヴ（*M. aureo-fulva* C. ET E.）ニ近キモノト考ヘラル」と同定された。基本的な所はすべておさえたわけである。彼らの関心事は、どうして大火の後、各地で一斉にかつ大量に発生したのかであった。徳川氏らはその原因を、この菌の耐熱性が非常に高いためではないかと考えた。

火災当時其樹木ノ周囲ノ温度ハ、甚シキ高熱ナリシヤ必セリ、従テ其樹皮ノ内部ニアリテモ相当ノ熱度ヲ受ケタルモノト考ヘラル、然モ尚此菌ノ発生スルハ、其菌糸、**オイヂウム**又ハ胞子ノヨク高熱ニ耐フルガ為メナルベシト思考セラル、之ニヨリテ余等ハ此試験ヲ先ヅ行ヘリ、（後略）

徳川氏たちは胞子（分生子）や、胞子を持つ菌糸を使って、蒸気を当てたり、乾燥状態で熱をかけ（乾熱）たりして耐熱性を調べた。それと並行して、彼らは、「焼失区域外ノ麻布区富士見町ノ徳川邸ヨリ損傷セザルあをぎりノ枝ヲ取リ、其一部ヲ両分シ」、半分は表面を焼き、もう一方はそのままにして培養している。すると、焼いた方からのみカビが発生して「焼跡ニ於テ見タルガ如ク」になった、という観察をしている。徳川邸は無傷で済んだにもかかわらず、その邸内に生えている樹木にも、問題のカビの胞子が潜んでいたのである。

それではその耐熱性はどうだったのだろうか。摘要のところを見ると、

　本菌ハ摂氏百度ノ蒸気ニ対シテハ弱ク、直ニ死滅スルモ、乾熱ニ対シテハヨク耐ヘ、摂氏百三十度ニテ死滅ス。

とある。この乾熱に対する耐性のため、このカビは大火災にも生き延びたのだというわけである。が、私としては、この結論には同意しかねる。火事の時、樹木は乾熱状態にあるのだろうか。蒸し焼きに近い状態なのではないだろうか。又、菌糸も分生子も百二十五度までしか耐えられなかった（示されている実験データによれば、百三十度では五分も耐えられなかった）のに、耐熱性が高いと言えるだろうか。この点については、他の一般的な菌との比較が必要である。そこはぬかりなく、本文でも他の菌との比較として、

　あをかびノ分生胞子ハ摂氏百廿度ニ於テハ暫時耐フルモ百二十七度乃至百三十度ニ於テハ死滅スルト云ヒ、又バチルス、スブチルス (*Bacillus subtilis*) ノ胞子ハ百十度ニテ三十九分、百廿度ニテ八分、百三十度ニテ二分半、百四十度ニテ三十秒ニテ死滅シ、バ

チルス、ロブル（*Bacillus robur*）ハ夫々八分、五十秒、十四秒ニテ死滅スト云フ、（後略）

とあるが、ここに引用されているデータを虚心坦懐に見比べてみよう。はたして徳川氏らのように「是等ノ例ニ比スレバ此糸状菌ハ高熱ニ対シテ比較的耐熱性ノ大ナルヲ知ルナリ」と結論してよいものだろうか。データを見るに、耐熱性の特に高いことが知られているバチルスはおいておくとしても、このカビはアオカビと比べてさえ、耐熱性は有意に高いとは言いがたい。問題としているような、大火の後に一斉に生えるという不思議な現象を説明するにはあまりに不充分なデータである。この点、徳川氏らも不安であったらしく、「尚将来ノ研究ニ待タント欲ス」という一文をはさんでいる。

その後、七十年近くたった今日、都内の街路樹、彼らが火事場泥棒よろしく枝を採集していた湯島のあたりや本郷のあたりでは、もはやこの不思議な菌を見ることはまずないといってよい。あの菌の発生は一時的なものに過ぎなかったのである。それればかりか、そうした事実があったこと、その理由を突き止めようとした科学者がいたことなど、一般にはもはや完全に忘れ去られている。その後の研究は彼らの疑問に答えることができたのだろうか。

私はこの現象と、それに取り組んだ科学者を紹介するにあたり、このモニリアという菌について現在の知見を知るべく、『ウェブスター菌類概論』（ウェブスター著、椿・三浦・山本訳、講談社）をひもといてみた。するとそこには、全く別の方面からの研究の結果と思われる、徳川氏らの論文に欠けていた視点からの、明快な答が示されてあった。

すなわち、多くのモニリア菌は、実はアカパンカビ属の不完全世代であること（従って、分生子で無性的に繁殖する。以下、図参照）、そのアカパンカビの作る子嚢胞子（性の異なるモニリア菌同士が接合した時初めて作られる。これが発芽するとモニリア菌になる〔現在は分類学上 *Monilia* から *Chrysonilia* に移されている〕。徳川氏らの実験したのはこれではなく、分生子の方である）は、「何年も生存し、化学処理（例えばフルフラールのような化学薬品）や熱処理（たとえば六〇℃二十分）のないかぎり簡単には発芽しない」こと、「これと対照的に、分生子（徳川氏らが実験した胞子はこの分生子の方である）はこのような熱処理で死滅する」こと。以上のことは一九六六年にA.S.Sussman によって報告されていること、またこの属の菌は、繁殖力が強く、様々な環境で大繁殖して汚染問題を起こすことが多いこと、これらはまさに徳川氏らの見てきた事実そのままである。

以上の記述は一連の現象と、実験結果を明快に説明する。まず、大火災の後、どこもかしこもこの菌に覆われたというのは、この菌の、分生子による旺盛な繁殖力もさることながら、実はこの菌の一番の大本となるアカパンカビ属（*Neurospora*）の子嚢胞子の発芽に、熱処理が必要という事実が背後にあったのである。あたりを焼き尽くした炎は、何年も前から徐々に蓄積していた子嚢胞子を一斉に目覚めさせ、そこから発芽した「モニリア」は、次々と分生子を作って大繁殖を始めた。ここで初めて、徳川氏らは異常に気がついて、このカビを採って耐熱性を調べたわけであるが、耐熱性のあるのは、分生子の方ではなくて、その大本の子嚢胞子の方だった。分生子を用いた実験結果が不満足なものに終ってしまったのは当然の理《ことわり》であった。発芽に熱処理を要する休眠中の子嚢胞子。その目で実験結果を見直せば、アオギリの枝を半分に割って、培養した時に、焼いた方からのみカビが生えてきたのも、いつの頃からか付着して休眠していた子嚢胞子が、焼いたために発芽したからであることが分かる。それになるほど、アカパンカビの仲間だけあって、「食麺麭《しょくぱん》ニ培養シ」てうまく繁殖しているではないか。

　また、大繁殖した背景には、次のような生態学的視点も考慮に入れる必要があろう。すなわち、あたりは一旦熱消毒をした後に近いわけで、モニリアの競争相手になるようなカビはほとんどいなかったということである。大繁殖した場所も、よく熱で消毒された木であるとか、熱のよく通ったご飯、パンなどであったことを思い起こしていただきたい。このカビは競争相手のいない隙に乗ずるのを得意とする種であるのに違いない。

　逆に言えば一旦大繁殖しても、やがて周りが正常に復して雑菌だらけとなれば、厳しい生存競争のもと、このカビは再び急速に地位を低下させていったはずである。そうするとこのカビは、再び性の異なる株同士互いに接合し子嚢胞子を作って、その姿で何年か後になるか知れない大火をじっと待つしかない。

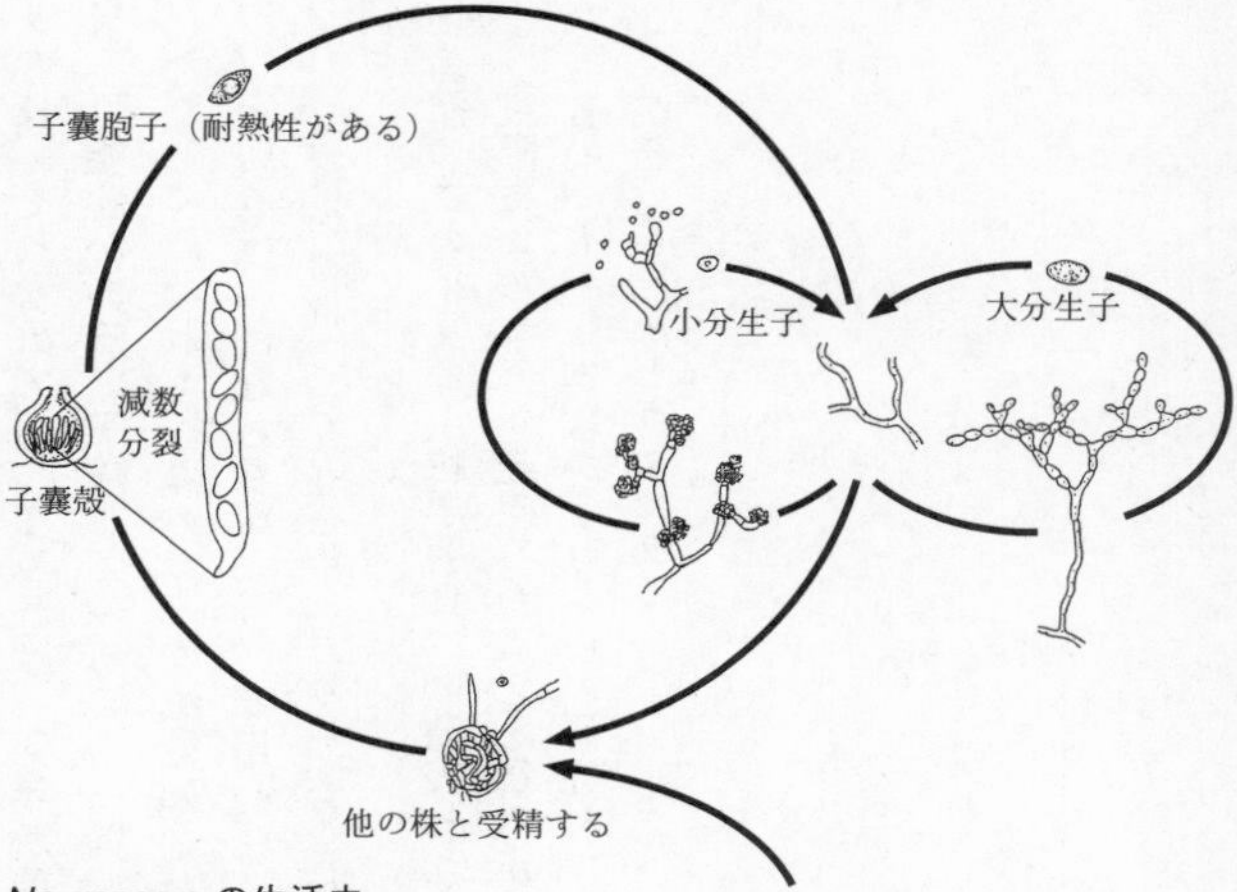

Neurospora の生活史

　とすれば、この大震災の後東京に大量に発生したモニリアは、江戸時代から繰り返し江戸を襲った大火のたび、現われては消えしていた、その末裔ではないのか。その逆に時代を進めて想像するに、第二次大戦のあの東京大空襲の後、焼け野原となった東京の街には、この厚かましいくらいに繁殖力の強いカビがあたりを席捲したこともあったのではないか。ただその時は、それを悠長に観察してまわる余裕のある科学者が、都内にはもはやいなかったというだけの違いで……。

　今、都内にはモニリアのモの字も見当たらないようだが、たまさかの火事の後には、よく注意するとこのカビが生えているかも知れない。いや火事などと物騒なことをいうのはよそう。そう、その剪定したアオギリの枝、それを火で焙ってみれば、何年か前の火事の時の生き残りがひょっこり発芽して来る可能性がある。実験してみるのも一興だろう。

ただしくれぐれも、このカビを大繁殖させて、あたり一面、パンもご飯も何もカビだらけ、というはめにならないよう、ご用心。

(『科学朝日』一九九三年二月号「関東大震災直後に都心を覆ったカビの正体は⁉」を改題)

追記　この小文を『科学朝日』に発表した後、複数の方から、第二次大戦の空襲のあと、実際にこのカビが発生したことを御教示いただいた。しかもここでとりあげた論文の著者の一人、江本氏がそれを再び研究していたという。残るは、江戸の大火でもこのカビが発生したかどうかである。

小説とチフスの役割

海外旅行者の急増にともない、日本に法定伝染病を持ち帰る旅行者も増えてきた。赤痢やコレラ、チフスといった病気は、いったん国内にほとんどなくなったため、医者もその症状を実見したことのないことが多い。その結果、初期発見に失敗して、その後の治療に手間どるケースも多いと聞く。

私も数年前、熱帯のある地域に植物を見にいった旅行の帰国後、同行メンバーからチフス患者が出るという事件に遭遇した。その直後から私を含む同行者、帰国後の濃密接触者の一斉検査が行なわれ、続いて、やれ誰が高熱を出したらしい、今度は誰それから赤痢菌が見つかった、隔離された、誰それの熱は単なる風邪だった、等々という騒動の連続で、おかげで私も、自衛上チフスについて勉強せざるをえない状況となったのである。

検査命令を受けた時点では少なくとも症状は出ていなかったので、関心事は発症前後についてであった。潜伏期間はどのくらいで、どういう経過をたどるのか、死亡率は、感染力は、あるいはまた、もし保菌していたら隔離などの処置はどういう法規に基づいて行なわれるのか、そしてそれはどれだけ強制力があるものなのか……。明日は我が身、にわか医者、にわか法律家になったわけである。私の専門は植物学なのだが、現在、文部省の方では古《いにしえ》の分類体系に基づいて、細菌も植物学の管轄としている。したがって、その細菌が引き起こす騒動も植物学の縄張りの範疇に属しているとみれば、これも専門分野内のこと。

勉強して分かったことの一つは、保菌者というのは、犯罪人も同様の扱いを受けるものらしい、ということだった。このことは、法律の条文から明らかだったし、実際に隔離を行なう保健所の一連の活動を見ても実感されたことである。

隔離患者が孤独に耐えきれずに、自分たちのところへ逃げだしてきたらどうするか？救急車を呼ぶべきか、それとも一一〇番でパトカーを呼ぶべきか？ 騒動の間、知人・友人の間でささやかれた小噺である。その後に起きたある地方のコレラ集団発生事件でも、隔離や消毒に関する伝染病予防法の古さを指摘する意見が新聞などで識者のコメントに見られたが、実際そのとおりだと思う。

さて検査の結果、私は幸い異常なしで、おかげでその後はもっぱら第三者として事件を観察することができた。その過程では隔離患者とのテレビ電話による面会など、もの珍しい経験をさせてもらい、実にいろいろな知識を得ることになった。

その一方での副産物として、日本の小説にはずいぶんとチフスが登場することにも気がついた。

＊

きっかけは騒動の最中、そういえば確か漱石の小説にもチフスが出てきたはず、と思い出し、読み返したことであった。その後注意して読んでみると、チフスというのは文学作品に出現する頻度が実に高い。チフスに脅かされる場面を書いた作家を集めると、気づいただけでも漱石をはじめとして、森鷗外・芥川龍之介・永井荷風・志賀直哉・梶井基次郎・横光利一・石川淳・長谷川如是閑・佐藤春夫・円地文子・木下順二・三島由紀夫・開高健と、そうそうたる顔触れとなる。これらの作家の時代に、小説に深い関わりを持った病気としては、結核が飛びぬけて有名である。石川淳などは「青春の生活のこの最初の季節に、肺病とまおとこはぜひ一度は体験しておかなくては」（『雅歌』昭和二十一年）と書いたくらいであるが、実はチフスも結核並みに大事な（？）病気だったのである。少なくとも、登場回数はかなりのものである。なぜだろうか。

まずはその実例を挙げていこう。まず漱石。『それから』（明治四十二年）の「七」には次のようなくだりがある。

四人《よったり》（筆者注　平岡、菅沼とその妹三千代、代助）は此《この》関係で約二年足らず過ごした。

すると菅沼の卒業する年の春、菅沼の母と云ふのが、田舎から遊びに出て来て、しばらく清水町に泊つてゐた。此母は年に一二度づつは上京して、子供の家に五六日《ごろくんち》寝起《ねおき》する例になつてゐたんだが、其時は帰る前日から熱が出だして、全く動けなくなつた。それが一週間の後窒扶斯《ちふす》と判明したので、すぐ大学病院へ入れた。三千代は看護の為《ため》附添として一所に病院に移つた。病人の経過は、一時稍佳良《やゝかりやう》であつたが、中途からぶり返して、とう〳〵死んで仕舞つた。それ許《ばかり》ではない。窒扶斯《ちふす》が、見舞に来た兄に伝染して、是も程なく亡《な》くなつた。国にはたゞ父親が一人残つた。

実に悲惨な状況で、いささかやりすぎという気もしないではない。しかし、これはこの小説を成り立たせる上で、大事な設定なのである。

兄は、三千代を東京に連れてきて平岡と代助に引きあわせたこの時点で、小説の中での役目をすでに終えている。この後も、兄が三千代の身の振り方について重大な決定権を握っていてもらっては、話が成り立たない。三千代の身の振り先は平岡と代助のどちらかに絞られ、しかもその決定権は他ならぬこの二人が握っている、というのでなくてはならないのである。「僕の未来を犠牲にしても、君の望みを叶《かな》へるのが、友達の本分だと思つた」（十六）代助が自分の心情を偽って、独断で三千代を平岡のもとにまとめた過去は、この状況のもとにしか成り立たない。そのために、兄はここで舞台から姿を消す必要があったのである。

同じことは母親についても言える。さらに、菅沼家にとって、一家の半分を一気に失ってしまえば、早々と三千代の身を片付ける必然も生じる。そういう状況を自然に作るためには、今日《きょう》びのように飛行機事故のようなもので大量の命が一気に奪われる世の中ではないから、次々に何人もの患者の命を奪う、しかも稀ではない病気が必要であった。当時、その意味でチフスは最適な病気だったのに違いない。ここでのチフスの登場は必然だったのである。

　ところでここにはチフスの症状の特徴も、その恐ろしさも十分描かれているので、おくればせながらこれに沿って、病気そのものについて紹介しておこう。もし海外から帰国直後の読者で以下の症状を自覚されている方がおられたら、直ちに病院に行き、帰国して間もないことを言い添えて、専門医に診てもらうことを勧める。以下の記述は、そのとき勉強したことと、患者となった知人に退院後聞いた実体験談を織り交ぜたものである。

　ここで取り上げるチフスは、正確には発疹チフスなどと区別される腸チフスという病気である。この病気は *Salmonella enterica* serovar Typhi という細菌に経口感染することで起こる。この細菌はさほど感染力がなく、普通は胃で殺菌されてしまうのだが、体調を崩すか胃腸薬などで胃酸が弱まっていると、生きたまま腸に到達し、腸のリンパ管開口部から血管に入りこむ。だから流行地では、暴飲暴食・胃腸薬の服用などは慎まなくてはならない。循環系に入った細菌は血流にのって全身に回るため、単に腸管の中に巣食うだけの赤痢菌と異なり、排除のしにくい細菌である。また胆汁を好み、しばしば胆嚢に住みつく。そこで胆石があるとその中に潜り込んでしまい、根治を非常に困難にする。治療に長時間かかることが多い、かなり厄介な病気なのである。

その症状は、普通はまず風邪のような症状で始まる。この時点ではだるい、熱がある、程度で、異常にはあまり気づかないことが多い。最近は、国内ならまずチフスを疑うことはないから、風邪と誤診を受けることもしばしばである。それが、やがて、毎日熱が階段状に上昇するようになり、ついに四十度くらいの高熱になって動けなくなる。この頃異常に気がついて、再度診察を受けるとようやく、どうもおかしい、血液検査をしましょう、となり、そこでグラム陰性菌が発見されるので、それを培養テストするとようやくチフス菌と分かる。『それから』で「前日から熱が出だして、全く動けなくなった。それが一週間の後窒扶斯《ちふす》と判明した」というのはこれである。この頃になると、あまりの高熱で頭が使えなくなるようだ。その間はかなりの苦痛らしい。

しかし適切な時期に入院して治療に入れば、抗生物質の投与により熱は直ちに下がるので、あとは、本人はだるいだけで退屈な日々を送ることになる。そのため、入院中すでに大したことはなく済んだような気になるが、本当に危ないのは、そうして治りかけた時である。腸にできた一種のかさぶたがもとで腸内出血すると、出血死に至ることがある。

『それから』で「病人の経過は、一時稍《やや》佳良であつたが、中途からぶり返して、とう〳〵死んで仕舞つた」というのはこれによるものであろう。

しかし念のために言い添えると、現在では死亡率は低い。それでも、伝染病予防法施行令（昭和二十五年、政令第百二十号）の規定により、「主要症状が退行した後の病原体保持者であって、その消退の時から起算して」「十四日間」「を経由しないもの」は「伝染病予防法七、八、九条（死体の分を除く）および十八条の規定」を適用することになっている。つまり患者の隔離、消毒、業務の制限などが実施されるわけである。となると、治療の間と完治の確認期間、二週間を合わせた間の期間は、隔離病棟にいなくてはならない。普通はしたがって、最低でも一月半は隔離ということになる。最後の二回の細菌検査の結果、陽性であった場合はもう一度やり直し、三か月隔離されっぱなしという例もある。腸内出血さえ気をつければ、治るだけ良いかも知れないが、大変な高熱で体力を消耗してしまう上に、治るまでに非常に長い療養を要するため、退院後も体力回復まではかなりかかるもののようである。

やはり漱石の『門』（明治四十三年）の「四」にはそういう例もある（ここでも初めは風邪と思っていたのに注意）。

「是《これ》ぢや仕様がないよ」と宗助は腹が立つた様《やう》な顔をして御米《およね》を見た。三ヶ月ばかりして、漸《やうや》く都合が付《つ》いたので、久し振りに御米を連れて、出京しやうと思ふ矢先に、つい風邪を引いて寝たのが元で、腸《ちやう》窒扶斯《チフス》に変化したため、六十日余りを床の上に暮らした上に、あとの三十日程は充分仕事も出来ない位衰へて仕舞つた。

ちなみにここは、高浜虚子を念頭に置いてのものらしい。というのは、やはり明治四十三年の三月四日寺田寅彦宛ての書簡に「虚子が去年の末腸チフスをやつて漸く快復したがまだ衰弱してゐる」とあるからである。虚子もチフスの経験があった。なお、チフスのあとは衰弱が激しくてしばらくおかしいというのは、つい最近まで常識でもあったらしく、横光利一の『天使』（昭和十年）では冒頭近く、

それに引きかへて、幹雄はまだ健康がすつかり恢復してゐない。眼は鋭いが青白く、退屈しきつた青年のやうに睡さうにしよんぼりとしてゐた。しかし、これは腸チフスにかかつてから、一時は危篤を伝へられたほどの重態をやうやく切りぬけ、恢復期をこの丘の麓の療養院で暮してゐる幹雄としては、順調以上の健康な身体と云はねばならぬ。

とあるし、同じ作品の真ん中あたりでは（表記はチブスとなっている）、

「いや、それや、分らないさ。君も、よほど頭がどうかして来てるんだね。腸チブスが癒ると、気が妙になるといふが、君、へんぢやないのかい？」

と明石は云つて幹雄の顔を見詰めてゐた。

「頭はへんになつてるだらうさ。たしかに普通ぢやないがね。けれども、これは何も腸チブスの故ぢやないんだよ。貞子の仕業さ。」

「どうだか、それは僕には分らないが、チブスもチブスだよ。いやに、きよときよとしてるぢやないか。」

というくだりまである。例の知人によれば、熱と不安とで頭が一時使い物にならなくなるのは本当らしい。

ところで漱石は、『それから』で非常に悲惨な例を書いたことに見られるように、家族相互の感染をかなり恐れていたらしい。明治四十五年、野上豊一郎のチフス発病の話を聞いて書いた（漱石の身の周りには、チフス患者が何と沢山いたことか）、野上弥生子宛て手紙では、慰める一方でまた注意するくだりがある。「此間の端書に熱が出て腸が悪いと書いてあつた様ですが大した事もあるまいと思つて返事も出さずに置きました。昨日御手紙と同日に宝生氏に逢ひまして大学へ入院されたといふ話を聞いて夫《それ》は困つたと思つてゐた処であります」「あなたは身体のしつかりする迄傍へ寄らない方がいゝチフスだから感染すると不可ない」。

今でも、患者は隔離病棟に入れられるし、例の知人などは、見舞いに行くとテレビ電話越しに話す以外は許可されない境遇に置かれていた。しかし、実際はそんなに感染力の強い菌ではないらしい。とはいえ、抗生物質が知られていない時代、一旦罹ればこれは脅威である。このような恐ろしい病気が身近だった時代は、速効性のある抗生物質クロラムフェニコールが使われるようになるまで続いた（現在ではこれでは死なない耐性菌も出てきているが）。抗生物質というものが日本で使われるようになったのは戦後のことであるから、要するにチフスはつい最近まで身近で危険な伝染病だったわけである。

ここでついでに、当時の民間治療法の実際を見ておくことにしよう。一つは漢方で、『本草』第五号（春陽堂、昭和七年）に右左見直八氏が「明治時代に於ける腸チフス治療の考察」と題して寄稿した小文から。

> 明治時代に於ては西洋医も相当に多くなつたが、未だ漢医も相当にあつたのであります。一例を申すと鍋屋上野方面の伝説によると『腸チフス』が流行して、鍋屋町筋の西洋医に治療を受けたるもの約四十五六人其内三人治したとのこと、古出来町の村瀬敬二と云ふ漢医に治療を受けたるもの約三十五六人、これは全部全治したとのことであります。其後村瀬漢医の説によると小柴胡湯、大柴胡湯はよい薬である先づ以て発散せしむ

べく汗を発するに蒲団を襲ねて、症によつて加減をするが地龍の不思議に能く効くことは、特筆すべきものであると言ひ伝へられて居ります。

村瀬氏にかかった患者はいいが、もう一方のほうの患者の治癒率の低いこと、治療法の確立していないことが分かる。ちなみに、同じ『本草』の別の号（十一号、昭和八年）には京城の今村温氏の「朝鮮の民間に於ける素人療法概観（一）」という文が掲載されている。これによれば、チフスの療法のため「明治四十一年より大正七八年迄の間」の当時行なわれていたものとして、物理療法的なものにオンドルによる加熱療法が、薬物としては、月のもの――特に初潮の時のもの、ヒトの尿、犬の糞、はては豚の糞が用いられたという。これでは到底治らないばかりか、新たな感染源となるような気がする。衛生知識の普及度の点からいっても当時チフスは、たいへん危険な病気だったわけである。ちなみに、鷗外がドイツ留学の体験から書いた『妄想』（明治四十四年）では、次のようなくだりに、当時のヨーロッパ医学の療法がうかがえる。また「硝子越しに」見舞うあたり、現在のテレビ電話面会に通じるものがある。

丁度《ちやうど》その頃留学生仲間が一人室扶斯《チフス》になつて入院して死んだ。講義のない時間に、Charité《シャリテエ》へ見舞に行くと、伝染病室の硝子越しに、寝てゐるところを見せて貰ふのであつた。熱が四十度を超過するので、毎日冷水浴をさせるといふことであつた。そこで自分は医学生だつたので、どうも日本人には冷水浴は危険だと思つて、外《ほか》のものにも相談して見たが、病院に入れて置きながら、そこの治療方鍼《はうしん》に容喙《ようかい》するのは不都合であらうし、よしや言つたところで採用せられはすまいといふので、傍観してゐることになつた。そのうち或る日見舞に行くと昨夜《ゆうべ》死んだといふことであつた。その男の死顔を見たとき、自分はひどく感動して、自分もいつどんな病に感じて、こんな風に死ぬるかも知れないと、ふと思つた。それからは折々此儘《このまゝ》伯林《ベルリン》で死んだらどうだらうと思ふことがある。

この体験から鷗外は後に軍医総監として全軍に腸チフスの予防接種を義務づけている。よくよく日本の作家はチフスと縁があるとみえる。

さて引用の時代が前後したが、ここで明治末年頃の例をあげておこう。永井荷風の『すみだ川』（明治四十二年）では、作品の最後、主人公の長吉は世をはかなみ「今は自殺する勇気もないから病気にでもなつて死ねばよい」と、自ら病を呼ぶ行為をする。

母親のお豊は長吉が初袷《はつあはせ》の薄着をしたまゝ、千束町近辺の出水《でみづ》の混雑を見にと夕方から夜おそくまで、泥水の中を歩き廻つた為《た》めに、其の夜《よ》から風邪をひいて忽ち腸《ちやう》

窒扶斯《ちぶす》になつたのだと云ふ医者の説明をそのまゝ語つて、泣きながら釣台の後《あと》について行つた。　（十）

作品はこれを聞いて一切の事情を理解する伯父の「どんな熱病に取付かれてもきつと死んでくれるな。長吉、安心しろ。乃公《おれ》がついてゐるんだぞと心に叫んだ」で終る。これも風邪に見えて実はチフスだった、という例である。また、突然登場人物に罹患して、死に至らしめる病としての活用例でもある。

大正初期の例として、次に志賀直哉を見てみることにしよう。『大津順吉』「第一」の「六」（大正一年）にはこうある。

私は病気の場合、いつも祖母の世話にならぬと云ふ事はなかつた。伝染病では六つの時にした腸チブスで、其時は全く祖母一人の手で看護されたやうなものであつた。一つは私が祖母以外の人の世話をこばむからでもあつたらう。（引用者注・この前後は、赤痢の話が書かれている）

この場合は、チフスも今の麻疹くらいの病気だったように読める。この時代、伝染病は皆同じくらい怖いもので、かつまたありふれたものだったため、怖いとは言っても今ほどには特別視していなかったのだろうか。しかし、怖いものだという認識は漱石だけのものではなく、やはり一般にあったらしい。大正の末、芥川の短篇、『一塊の土』（大正十三年）を見よう。

　けれどもお住《すみ》は死ななかつた。その代りに翌年の土用明け前、丈夫自慢のお民《たみ》は腸チブスに罹《かか》り、発病後八日目に死んでしまつた。尤《もつと》も当時腸チブス患者はこの小さい一村《いつそん》の中にも何人出たかわからなかつた。しかもお民は発病する前に、やはりチブスの為に倒れた鍛冶屋《かぢや》の葬式の穴掘り役に行つた。鍛冶屋にはまだ葬式の日にやつと避病院に送られる弟子の小僧も残つてゐた。「あの時にきつと移つたずら」——お住は医者の帰つた後、顔をまつ赤にした患者のお民にから非難を仄《ほのめ》かせたりした。

　ここでは、医療の不充分と思われる寒村での、最も危険な集団発生のさま、「丈夫自慢の」一者すらあっさり死んでしまうという激症ぶりが読み取れる。

　また、やはり大正末年の梶井基次郎の作品、『城のある町にて』（大正十四年）の「病気」の章にはチフスに対する恐怖が描かれている。

　姉が病気になつた。脾腹《ひばら》が痛む、そして高い熱が出る。峻《たかし》は腸チブスではないかと思つた。枕元で兄が「医者さんを呼びに遣《や》らうかな」と云つてゐる。

「まあよろしいわな。かい虫かも知れませんで」(中略)

　医者が来て、矢張りチブスの疑ひがあると云つて帰つた。峻は階下で困つた顔を兄とつき合せた。兄の顔には苦しい微笑が凝つてゐた。

　腎臓の故障だつたことがわかつた。

　この一行空白の緊張感とそのあとの一文が与える救いは、当時のチフス治癒率から見て、実に切実だったに違いない。このころは今と違って、高い熱が下がらないというとまずチフスを疑ったらしい。長谷川如是閑の『反抗と否定』(大正九年)でも、ここと同じようなシチュエーションの、次のようなくだりがある。

　彼れの細君が、四十度以上の高熱を出したのは、その翌晩のことであつた。それが三日も続いたが、時々夜着を刎ね除けて暴れ出すので、下女にばかり任かしても置けず、彼は昼夜片時も、妻君の傍を離れることが出来なかつた。医者は窒扶斯《チフス》の疑があるといつたが、さうでもなかつたらしく、数日で、熱は奇麗に取れたが、疲れ切つてたゞ昏々と眠つてゐた。

同じ頃を舞台とした佐藤春夫の『陳述』（昭和四年）でも、主人公の「当時福岡の医科大学に学生だつた」兄が「卒業間際に腸窒扶斯で急死し」たため、主人公は生家の病院を継ぐべく、医者として一人前になることに焦りを覚える、という設定となっている。

さらに昭和の時代になっても、石川淳の『白描』（昭和十五年）にはこうある。

> 三月ほど前、この春神戸の女学校を卒業した一色敬子は突然上京してきて、財産引渡しの件について、兵作を訪れた。敬子の母親は兵作の妹で、この二人きりの兄妹は同腹ながら、めいめいが父祖の血肉の中から別種の部分を割き取つて生れ出たといふふうで、性質も生活もたがひにかけちがつた風むきに流れ、東京と神戸に離ればなれになつてゐたが、兄の兵作が渋谷に根を植ゑた年、妹のはうはチフスでつい死んでしまひ、その跡にしみ残るほど濃い影もなく、元来ほそぼそとした顔かたちは今まつたく見うしなはれてゐるので、これはただそんなにも薄い出来工合の女性であつたと回想されるよりほか、地上の図に織りこまれるべき手がかりをもたぬ。

「つい死んでしまひ」とはいかにも石川淳だが、とにかく依然死亡率は高かったのであろう。ここも『それから』同様、特定人物の作中からの消去には好都合の病気だったのを利用した設定である。このような手法はその後も相次ぎ、その一年後の横光利一の作品、『三つの記憶』（昭和十六年）にも次のような文章が見受けられる。

　母が三十七の厄で父が四十二の峠のころにさしかかり、両人とも同時に、母が子宮癌になると父は腸チブスになり、父は旅先の京城で、母は伊勢の羽津の病院へとそれぞれ入院してしまつた。九つの私と十三の姉とは二人でその間家計のやりくりをしなければならなくなつたが、（後略）

またさらに年を経て、昭和二十四年から三十二年にかけて円地文子が発表した『女坂』にも、「女坂」の章に、

　岩本が子供達の幼い中に思いがけなくチブスで早死にしたので、そのあとは由美が中年稽古の生花の師匠になつて行友や倫の助力で直一を学校へ上げているのであつた。

という文章が見られる。「思いがけなく」に注目してほしい。

木下順二でも『本郷』（昭和五十八年）の五章で佐々醒雪のエピソードとして（つまりその時代の話として）、

> 若死だったけどね、ふだんあんなに飲んでらっしゃらなかったら何とかなるはずだったってことだからねえと、ある日の母は頑張った。

というくだりがある。抵抗力さえしっかりしていれば、死ぬと決まったものでもなかったということか。

さらに下って三島由紀夫の時代となると、彼は実際に終戦の年、妹をチフスのために十七歳で亡くしている。そのことは、『朝顔』（昭和二十六年）の冒頭で、

> 私の妹は終戦の年の十一月に腸チフスで死んだ。享年十七歳である。戦後学校へたちまち疎開の荷物が還つて来て、それをリヤカーで運び入れる作業に携つてゐるあひだ、初秋のまだ暑い日光に照らされて、咽喉《のど》が渇いた。焼跡の鉛管から出てゐる水を呑んだ。それが感染の径路ではないかと友達は言つてゐる。

と書いているとおりである。それだけに三島も、これまでに見てきた作家同様、『愛の渇き』（昭和二十五年）の第二章で、設定の必要上、悦子の夫を亡き者とするのに、迷わずチフスを選んでいる。この作品ではさすが近親者を実際に亡くしているだけに、発症と、

隔離、腸出血とそれによる死までが実に詳しい（この詳しさは、歴史的出来事としてのチフスによる『ラディゲの死』（昭和二十八年）を描いたときにも生かされている）。三島は、他にも『罪びと』（昭和二十三年）で主人公の許婚のチフスによる死を描いており、これらの作品の発表が全て昭和二十年代であることを考えると、今ほどチフスが縁遠いものとなったのは、本当につい最近のことだったのだということがわかる。なお、三島はほかに発疹チフスによる死を『大臣』（昭和二十四年）で使っている。

ただし、今ではもう過去の話となってしまったのは言うまでもない。最近でも、気をつけていると結構出て来るようだが、例えばそれは開高健の昭和四十二年の作品、『キタ・アルコホラリス』（同じモチーフはより後、昭和六十一年の『破れた繭』にもある）に見るように、やはり戦争中の話である。

ところで俺の親父は、俺が中学校の一年のときに、屋台の焼とりを食って腸チフスになって死んだ。小学校の校長が、屋台の焼とりに当てられるというのもおかしな話なんだが、ことほど左様に物資が不足していたので、屋台の焼とりというものは、当時はそろそろご馳走になりかけていた。問題は藪医者にかかったということで、かぜひきと腸チフスを誤診されてしまった。菌が血液の中にはびこるころになってから「これは怪しいぞ、腸チフスらしいでっせ」と言い出した時は、もう親父の眼はかわいておった。それで病院であえなく討死をとげたわけだ。謹厳実直に一生を過して屋台の焼とりで腸チフスになって、医者にかぜひきと間違えられて死ぬという、マジメ人間の末路である。これにも一掬の涙を禁じえない。

（『キタ・アルコホラリス』から「ハコベ腹さすって思ったこと」）

結核は、もちろん文学的やまいの主流ではあった。が、チフスもまた、以上に見てきたように、多くの作家の脳裏を離れない病気であったのは間違いない。なぜかは分からないが、同じように法定伝染病とされたコレラ、赤痢と比べても有意に、チフスは作品に、あるいは作家の身の周りに登場する頻度が高かった。したがって何らかの影響を及ぼしたのは間違いない。また、『それから』や『すみだ川』、『白描』、『女坂』、『愛の渇き』などでの特定の登場人物の突発的な消去は、当時、チフスに頼るほかなかったとも言えよう。大事な脇役だったのである。

ところで、登場人物の突然の死をもたらすものとしてのチフス、という役割配分は、日本文学に限ったことではなかった。最後に、長くなるが、トーマス・マンの『ブッデンブローク家の人びと』（一八九七〜一九〇〇年執筆、望月市恵訳、岩波文庫版）第十一部・第三章を引くことにしよう。この章をもって作者は、ブッデンブローク家の最後の直系の子供を天国に送りこみ、そのことによって、この何世代にもわたる長大な物語は幕を閉じる。

チフスは、つぎのような病気である。

患者は、気分がなんとなくすぐれなくなり、それがたちまちにひどくなり、無気力な絶望感に捉えられる。それとともに、身体も気力がなくなり、筋肉と腱だけでなく、内臓の諸器官の機能も鈍くなり、わけても、胃袋の機能が衰弱してきて、食物の摂取をきらい、食物を受けつけまいとする。たまらなく眠いが、疲れ果てていても、眠りが落ち着かなく、浅く、うなされ、目がさめても頭がさっぱりとしない。頭痛がする。頭がぼんやりとしていて、爽快でなく、霧に包まれているようである。たびたび目まいがする。節々がどこともなく痛む。これという特別の理由もなく、ときどき鼻血が出る。——これが序曲である。

つづいて烈しい悪寒が全身をゆすぶり、歯ががちがち鳴り、発熱を告げ、熱はたちまちに最高になる。胸部と腹部の皮膚に、扁豆《へんとう》大の赤い斑点が点々と現われ、指頭で押すと消失するが、すぐにまた現われる。脈搏は、舞うように速くなり、一分間に百回にもなる。こうして、四十度の体温で、第一週が過ぎる。

第二週は、頭痛も節々の痛みもなくなるが、目まいはずっとひどくなり、耳鳴りもひどく、難聴さえも起こす。顔つきも白痴のようになる。口はぽかんと開いたままになり、目はどんよりと濁り、生気がなくなる。意識は溷濁《こんだく》し、患者は眠気に襲われつづけるが、ほんとうに眠るのではなく、鉛のように重い麻痺状態になる。そのあいだにも譫言《うわごと》が部屋をみたし、昂奮した空想が声を与えられて部屋をみたす。無気力な無力状態が、けがらわしい、いやらしい感じがするまでにひどくなる。歯茎も歯も舌も黒ずんだものでおおわれ、それが呼吸に悪臭を与える。腹部は、太鼓のようにふくれ、患者は身動きもせずに上向きに寝ている。枕からずり下がり、膝はひろがったままである。器官のすべてがあわただしく、舞うように上面《うわつら》だけで活動し、呼吸もそうだが、脈搏もそうで、一分間に百二十回、急がしく痙攣的に打ちつづける。瞼はなかば閉ざされ、頬は発病当時は熱で赤くほてっていたが、こんどは青白い。胸部と腹部の扁豆大の赤い斑点は、数をまし、体温は四十一度に達する。……

第三週には、衰弱が頂点に達する。譫言をわめくことはなくなり、患者の知力は、空虚な暗黒の世界へ沈むのか、患者が身体の状態を意識せずに、それに背を向け、遠くの平和な夢を見つづけていて、私たちには夢を語る音も印しも伝えないのか、だれにもそれはわからない。身体は針を刺されても感じない。――これが峠である。……

ある種の患者の場合、診断は特殊な事情のために困難になる。たとえば、病気の初期の徴候である。気分がすぐれず、疲れやすく、食欲がなく、熟睡できず、頭痛がする、こういうことが、患者がまだ家族の希望を集め、どこも悪くなく、きわめて健康であったときから、すでにどれも存在していたら？　その現象が急に強まっても、それほど変わったことは考えられなければ？——信頼できる知識を持っているすぐれた医師だったら、名前を挙げていうと、たとえば、ドクトル・ラングハルス、小さな手の甲に黒い毛が生えている好男子のドクトル・ラングハルスだったら、すぐに正しい病名で正しい診断をくだせたろうし、胸部と腹部に不吉な赤い斑点が現われていることで、疑う余地がなくなるだろう。（中略）

　チブスは、つぎのような病気である。高熱に浮かされた患者のはるか遠くの夢のなかへ、高熱に意識が溷濁した世界へ、生の世界から聞き違いようのない鼓舞の声が呼びかけてくる。未知の熱苦しい道を蹌踉《そうろう》と歩きつづける患者の精神に、生の声は後ろからきびしく、すがすがしく追いすがってくる、しかし、その熱苦しい道をたどりつづけると、蔭へ、涼しい蔭へ、静かな世界へ、死へ到達できる。患者は後ろの声を聞き、耳をすまし、聞こえてくる明かるい、元気な、いくぶん嘲笑を含んでいる生の声が、引き返し、後戻りをするようにいましめているのを聞きわける。その声は、患者が、はるか後ろにしてきて、もう忘れてしまっている世界から追いかけてくる声である。患者のなかに、義務を卑怯にも投げすてたという気持、羞恥、新しい力、勇気、後ろにしてきた世界、嘲笑を含む華やかな、残忍な世界への喜び、愛情、同僚意識などの感情が湧き上がると、患者は未知の熱苦しい道を、どれほど遠くまですすんだにしても、引き返して、生の世界へ戻るだろう。しかし、患者が生の声を聞いて、恐怖と嫌悪にぴくっと縮み上がるならば、この思い出の声、明かるいいましめの声を耳にしても、頭をふり、手を後ろへいとわしそうにさえぎるように突き出し、まえにのびている道を、逃げるように蹌踉と歩きつづけるだろう。……さよう、そうだったら、もちろん患者は死ぬだろう。——

最後の最後にもう一言。それでは、チフスが稀になった現在、小説家は登場人物の突然の死をどうやって実現するのか。いくら海外旅行が当たり前になってきたとはいえ、まさか登場人物を一々成田におくるわけにもいくまい。そもそも、海外から持ち帰ったチフスも、現代医療の前にはもはやそれほどの脅威ではない。

一寸見たところ、交通事故というのが一般なようである。早くも荷風は昭和十七年、『浮沈』で主人公さだ子にかつて親身になってくれた姑、辰野家の未亡人を自動車事故で亡きものとし、さだ子の頼れる人物を作品世界から消去したし、構成にやや難がある『来訪者』（昭和十九年）でも、お常さんを「円タクに刎飛《はねとば》されたんです」という形で消去した。なるほど、日本が高度成長期に入り、そのチフスが日本から姿を消すと共に、交通量は飛躍的に増大した。文学の世界で、結核は現在エイズに取って代わられたという意見があるが、そうだとすればチフスは現在、交通事故に取って代わられたのである。

文庫版追記　本稿を今（二〇二二年）改めて読むに、どうしても新型コロナウイルス

（COVID-19）との比較が頭に思い浮かばずにはいられない。二次感染を防ぐためのさまざまな規制、治療の試行錯誤、地域社会の攪乱。本稿を書いたときに見落としていたのは、誤った情報の流布による混乱だ。ここで主に扱った昭和前半までの衛生知識の中での腸チフスの位置というものは、おそらく現代における新型コロナウイルスやmRNAワクチンと同じようなものだったろう。不正確あるいは意図的に誤ったフェイクが伝わることでさらに拡大する社会の混乱という側面は、今回、実際に新型コロナウイルスのパンデミックの渦中に置かれてみて実に強く印象に残った。これから世界中で、新型コロナウイルスによる社会や家族の悲劇を扱った小説がたくさん生まれるだろうが、そこではおそらく、正確な情報へのアクセスの多寡が一つの焦点となるはずだ。これは以前の腸チフスを題材に扱った作品群とは異なる点になるだろう。

小石川植物園を読む

泉鏡花の初期短篇の代表作『外科室』（明治二十八年）が一九九二年、映画化され、封切りになった。原作の、短い小説の眼目は、映画以上に前半にむけられている。題名通りの、執刀する高峰外科科長と執刀される貴船伯爵夫人とを中心に据えた、息苦しいような外科室（手術室）を舞台とする悲劇である。が、後半の回想の場面も忘れてはならない。そこでは今の東京大学大学院理学系研究科附属植物園、通称小石川植物園（作品の設定当時は東京帝国大学小石川植物園）の、前半とは対照的な、学生気分漂う開放的な空間が舞台となる。映画もわざわざ植物園にロケに来た。なるほど映画は植物園の景色で始まり、植物園の景色で終っている。小石川植物園の知名度もいくらか上がったことであろう。

ここでは、日本文学史上に残る小石川植物園をご紹介したい。現在東京都小石川に位置する本植物園は、徳川幕府の薬草園に端を発し、古くはかの青木昆陽のサツマイモ試作地であった時代から、一貫して日本の本草学、植物学の象徴的存在であり、その植物学上の功績は様々な形で語られることが多い。しかし文学上の功績はまとめて紹介されたことがなかったように思う。そこでここに、私の知る若干例を紹介し、その先鞭としたい。

まずは話題の『外科室』から。

数《かぞ》ふれば、はや九年前《ねんぜん》なり。高峰《たかみね》が其頃《そのころ》は未だ医科大学に学生なりし砌《みぎり》なりき。一日《あるひ》予《よ》は渠《かれ》とともに、小石川なる植物園に散策しつ。五月五日躑躅《つゝじ》の花盛《さかん》なりし。

その「歩を転じて彼処《かしこ》なる躑躅の丘に上らむとて、池に添ひつゝ歩める時、彼方《かなた》より来《きた》りたる、一群《ひとむれ》の観客あり」。その一群の中に、運命の婦人、後の貴船伯爵夫人がいたわけであるが、その美しさ！　その場にいあわせ、夫人を見た目には、その外のものは皆詰まらぬものと映るばかりである。語り手の後の画家すら、折角見にきた躑躅も、こうなるともはや「唯赤かりしのみ」だと言う。彼等を一堂に会させる役目を果たした躑躅は、今度は伯爵夫人の引立て役という損な役回りとなってしまう。一同の目は夫人にそそがれる。その美しさと言ったら！　今でも「偶《たま》に」は植物園で見ることができるだろうか。中でも、偶然その場にいあわせた「商人体《あきうどてい》の壮者《わかもの》」二人がのぼせ上がること、この上もない。なにしろ、一人にいたっては、吉原の遊廓詣でをきっぱりとよす、と言い出すのである。映画ではその前半がカットされている。そこを（長いのでせりふの途中から）引用しておこう。

「（前略）もう〳〵今日といふ今日は発心切つた。あの醜婦《すべつた》ども何《ど》うするものか。見なさい、アレアレちらほらとから其処《そこ》いらに、赤いものがちらつくが、何うだ。まるでそら、芥塵《ごみ》か、蛆《うじ》が蠢《うご》めいて居るやうに見えるぢやあないか。馬鹿々々しい。」

「これはきびしいね。」

「串戯《じようだん》ぢやあない。あれ見な、やつぱりそれ、手があつて、足で立つて、着物も羽織もぞろりとお召《めし》で、おんなじ様《やう》な蝙蝠傘《かうもりがさ》で立つてる処は、悍《はゞか》りながらこれ人間の女だ、然《しか》も女の新造《しんぞ》だ。女の新造に違ひはないが、今拝んだのと較べて、何うだい。まるでもつて、くすぶつて、何といつて可《い》いか汚れ切つて居らあ。あれでもおんなじ女だつさ、へむ、聞いて呆《あき》れらい。」

この後は映画にある通り。

「おや〳〵、何《ど》うした大変なことを謂出《いひだ》したぜ。しかし全くだよ。私《わつし》もさ、今まではかう、ちよいとした女を見ると、ついそのなんだ。一所《いつしよ》に歩くお前《めえ》にも、随分迷惑を懸けたつけが、今のを見てからもう〳〵胸がすつきりした。何だかせい〳〵とする、以来女はふツつりだ。」

小石川植物園の日本庭園。奥に見える東京医学校の建物は1969年に移築されたもの（著者撮影）

この後、二人が宣言通りの行動を維持したかどうかは疑わしい。

それはともかく、この二人の会話には、一人が「吉さん、今日は好《い》いことをしたぜなあ。」といえば、吉さんも「さうさね、偶《たま》にやお前の謂ふことを聞くも可《い》いかな、浅草へ行つて此処へ来なかつたらうもんなら、拝まれるんぢやなかつたつけ。」というところがある。映画でも再現されている右の会話から察するに、この二人は（二人には似合いに思える）浅草へ出るか、それとも（商人風の男二人で来るには少し場違いな気のする）小石川植物園に遊ぶかでいささか争ったものとみえる。結局二人が植物園を選んだのは正解で、後の伯爵夫人もそこへ「お忍びで、目立たぬやうに」やってきたというわけである。語り手の画家志望の学生（後の画家）も、医科大学生（後の高峰外科科長）もそこにいるわけだから、あらゆるタイプの人間がここに一堂に会したことになる。本当にこんなに植物園は賑わっていたのだろうか。

　それはそうだったらしい。鏡花は自作『外科室』について、後に「小石川植物園に、うつくしく気高き人を見たるは事実なり」と自解しているし、実際、当時の皇族はしばしば植物園を訪れている。中でも、大正天皇は皇太子だった明治二十二年以来二十五回も訪れたという記録がある。一般客に対しては、明治四年には博覧会のために特に定めた日に限って公開を始めており、明治十年からは常時開放するようになった。また入園料を取るようになったのは明治二十一年からである。日曜日の料金は平日の二銭に較べて三銭と高く設定していたところから見て、日曜日はかなり賑わったのであろう。

　作品のシチュエーションは、確かにありえたことであるようだ。また鏡花自身の残した文章の中でも、『雪柳』（昭和十二年）では「白山《はくさん》の家を出て、入費《にゅうひ》のかゝらない点、屈竟《くっきょう》ばかりでなく、間近な遊山《ゆさん》といつても、植物園へ行つて」というくだりがある。登場人物を一堂に集める第三空間であるとして、植物園は無理のない設定だったわけである。以上は充分条件。これは後で述べる北原白秋の作品でも証明される。

　それでは、なぜ鏡花は同じ第三空間でも、浅草でなく植物園を選んだのだろうか。これは自明であろう。夫人の高貴さを引きたたせるためには、浅草の雑踏の中であってはならず、静けさの漂う植物園でなくてはならなかったのである。これが必要条件。今でも文京区小石川という都心にあって、その静けさがある程度保たれているのは幸いである。

なお、鏡花はこの作品のほかにも何回か植物園に言及している。映画『外科室』に関連して例を一つあげると、『御殿坂下お笑草』（明治二十九年）では「三、足駄禁制」と題した項で、「土の上に足駄のあとの無い処を御存じかと」「それ植物園さ」「門衛さん、『足駄を脱げ。』といふ」云々という掛け合いがある。これからすると、映画で書生二人が下駄を履いていたのはいかがなものだろう。ただし、明治十年の来観規則には、車馬・犬を禁ずるくだりはあるが、下駄のことはない。その後規則を加えたのか。それにしても「足駄を脱げ」とは、当時の門衛と入園者との関係がこの駆引から想像されて楽しい。時代を感じさせられる。勿論、今ではそんなことを注意するまでもない。

さて、『外科室』から鏡花の話ばかり長々と書いてしまったが、そのほかにも、小石川植物園はあちこちで目にすることができる。小石川植物園は明治二年の大学校発足以来、東大（系列の）附属の植物園であり、また日本の文学者には東大に縁のあるものが多い所以であろう。以下、いくつか駆け足でご紹介する。

漱石は東大出で東大の教師だっただけに、植物園には縁が深かった。ここでは、「植物園」という前書きのある句をひとつ示しておこう。句の情景はいろいろと考えうる。

本名は頓とわからず草の花　　漱石　（明治三十二年）

漱石門下の、やはり東大教授の寺田寅彦では、ある出来事をはさんでの二回の一家の植物園来訪を短篇に仕立てた『団栗』（明治三十八年）が印象深い。ごく短い、はっとするような展開を見せる作品なので、ここでは内容に触れないことにする。まだの方は、全集などであたられることをお勧めする。

やはり漱石門下、内田百閒の『東京日記』（昭和十三年）「その十四」は、次のような文章で始まる。

　植物園裏の小石川原町の通を、夜十一時過ぎになると裸馬が走つて、植物園の生垣の破れ目から、中の茂みに隠れ込むと云ふ話が、遠くの人にはただの噂として聞こえたかも知れないけれど、私共の様にすぐその傍にゐる者に取つては、馬鹿馬鹿しいと云つてはすまされない。

百閒だから怪奇談となっているが、これにも、奥には夜な夜なあらわれる得体の知れない馬がいてもおかしくない、と思えるほどの植物園の緑の深さがうかがえる。

北原白秋は詩文集、『植物園小品』（『白秋小品』大正五年に所収）をのこした。白秋の植物園は多種多様な植物と人とに彩られている。「ある日の午後、園内のハリエニシダの黄《きいろ》い花に夕日がくわつと反射《てりかへ》す辺《あたり》から、歯が痛《いた》むのか、面中《かほぢゆう》白い繃帯を巻きつけた若い小学教員らしい男が片眼だけ泣き出しさうに覗《のぞ》かせて」「ほんとに田舎田舎した風の」「年増《としま》の女をつれてゐ」たり（「女四種」）する。ほかにも「若き紳士」、「異国の人」、「女学生」、「素性が何だかわか」らない「何となく粋な」「年増」……いろいろな人の植物園を訪れていたことがよく分かる。

その一方で、当時の情景、特に「科目花壇」や薬草園、温室といった植物園らしい面における小石川植物園のコレクションも、白秋はよく伝えている。創作のもとになった「黒い革の手帳」にのこされた植物のメモ・スケッチは実際大変正確である。作品でも地理的な記述が正確なので、園内の地理を思い浮かべつつこれを読むと、今とどこがどう違っていたか、どこが今も変わらぬままなのか興味深い。園内散歩の片手にあるといいかも知れない。温室の植物を描いた所など読むと、見覚えのある植物たちが、その当時からあったものだったかという驚きをおぼえる。植物の命は長いものである。

　日の光が暑い。アンスリアムの全部赤い花。爪哇《ジヤワ》産の Vanda Tricolor の白、薄紫のぼかしの豆のやうな実に蟻が静かに匍《は》つてゐる。ある蘭花植物の一枚の葉は黴《かび》の生へた青天鵝絨《あをびろうど》の色をしてゐる。古いけれど美しい。南亜弗利加産の Polyantha ウシノシタといふ名が奇妙だ。タンシチユウが食べたくなる。急に空腹《ひもじ》くなつた。日が翳《かげ》る。詩集の名にしたら一寸皮肉だ。（「温室観覧」から）

ところで今の『植物園小品』や『外科室』のくだりは、小石川植物園の持っている一つの面、庭園造りの部分（いわゆる日本庭園）によるところが大であったが、小石川植物園の特徴として、まとまった量の擬似自然林を持つこと、したがって一種の森ができていることが挙げられる。そのために場所によっては昼も薄ら暗いところもあるのは、訪れたことのある方はよくご存じであろう。それが形作っている、植物園の緑深いさまは、植物園一帯が一寸岡のようになっているためもあって、都市乱開発の昭和を待たないまでも、明治にはすでに、近くからひときわ目立つものだった。長谷川如是閑『ひとりもの』（明治四十年）にもこういうくだりがある。

ひとりものの天地は悠然とした所、のんびりした所に無限の妙味がある。小石川の片《かた》陲《ほとり》に居つた頃である。冬の朝、灰色の幕に薄紅をひいたやうな靄深い裏の茶畑越し、植物園の森のまだ覚めやらぬ夢のやうな景色を眺め渡して居ると、氷川田圃の制帽会社の煙であらう、風もない朝の空に団々と立木のやうに巻き上つて、下から押上げるに従つて其の先の方が次第に東の方に靡いて行く。

イギリスのキュー植物園、インドネシアのボゴール植物園など海外の主要植物園に較べれば、また国内でも東北大学植物園などに較べてもはるかに狭いとは言え、小石川植物園は、都心のものとしてはやはり広いと言って良かろう。関東大震災の被災者が植物園に多数避難した時にその広さは役立った。最盛期には避難民の数は三万五千人を数え、うち二千四百名余はその後急遽建てられたバラック二十二棟に住んでいたという。この時の被災者による記念碑が園内に建っている。

その植物園のこの緑の深さは、後のちまで都心には異例のものであり続けている。これまた東大卒の三島由紀夫が書いた最後の連作『豊饒の海』の一つ、『奔馬』（昭和四十四年）を見よう。十三章、「白山前町の鬼頭中将の家」での出来事。

或る時、春の午後のことであつたが、中将と槙子と二人で話してゐるところへ、庭へ飛んできた雉《きじ》があつた。植物園から来たのだわ、と槙子が言つた。その声がまだ朗らかに耳の奥に残つて、朱《あけ》の翼の雉が女の声を発したやうに思ひ出される。「植物園から来た……」、それがまるで、彼のまだ見ぬ、女たちばかりが鬱蒼と茂つた森の領域から来たやうに思はれたのである。

三十五章でもこのことは「去年の春と同様植物園から庭へ飛んで来た雉のこと」と繰り返されている。今では雉はさすがにいないが、局所的に大騒ぎされるカルガモもここには毎年やってくるし、捨て子にあった兎が跳ね回っていたこともある。カワセミも魚を獲りに来る。池に舞う蜻蛉《とんぼ》の種類も案外多く、人工的には簡単に移植できない生物がかなり未だ棲息している。まとまった面積と、公園化していない擬似自然林があってのことであろう。よく自治体が作るような、芝生と派手造りの花壇ばかりの、開けっ広げな〈植物園〉ではこうはいかない。

都心の森としての意味を持つ登場や、植物見本園としての登場、公園や動物園でもいいような、純粋な舞台としての登場だけでなく、本来の大学附属の植物園としての機能も、文学作品に生かされたことがある。小石川植物園の本来の役割は、何と言っても植物学上の研究機関としてのそれである。植物園に行くと、一般客立入禁止と書いてある研究棟があるのに気づかれよう。この中には貴重な標本・資料が詰め込まれていて、そこでは決して豊かとは言えない予算のもと、教授を頭とする研究陣が、新しい技法をとり入れつつの、系統分類を中心とした研究を進めている。育成部技官も、栽培技術を生かした植物の保護・育成を行なっている。これが一般のフラワーセンターや公園とは違う点である。

この研究の歴史は古く、また実績もあって、例えば、日本の植物学の最初の世界的功績として、一八九六年の、植物園の技官だった平瀬作五郎によるイチョウの精子発見があげられよう（このとき材料となったイチョウは園内にまだ健在である）。小石川植物園の研究体制ならではの登場例、最後にそういう例を一つ挙げる。

それは、安部公房の短篇、『デンドロカカリヤ』（昭和二十四年）に出てくるK植物園である。

小笠原の「母島の気候と寸分異ならないように」「充分な設備がととのえて」ある温室を持つ、「政府の保証」付きのK植物園とは、小笠原の固有種、珍種ワダンノキを保護（しようと）すること、安部公房がやはり東大卒でしかも小石川に住んでいたこと、頭文字が同じであることなどの、様々な傍証から見て、小石川植物園にほかならないであろう。このことは別章で触れた。この頃からの小笠原固有の植生の研究と保護・増殖は、現在も育成部を中心に、新技術の導入を進めつつ続けられている。最近では、絶滅危惧植物ムニンノボタンやムニンツツジ、ホシツルランなどの人工増殖に成功している。これらの例は話題となったのでご存じの方も多いであろう。

ここで例を挙げた他にも、私の読み落とした例、またそれ以上に、読んだことのない例も、日本の小説には沢山あるに違いない。小石川植物園は本来の役割、植物学への寄与ばかりでなく、文学上の寄与も馬鹿にならない存在であったようだ。近在の市民生活にもかなりの寄与をしてきたことは、疑うべくもない。今後もこれまで通りの状態を保つことができることを、願ってやまない。

（『UP』一九九二年五月号「文学に登場した小石川植物園」を改題）

文庫版追記　その後、思いがけずここで取り上げた東京大学大学院理学系研究科附属植物園の園長を仰せつかり、二期四年間務める機会を得た。その間、日光分園の新棟落成、小石川本園の公開大温室再建など大きな変化があったが、改めて感じたのは小石川本園が実に多くの方々に愛されているということだった。本稿を書いていたときには気づかなかったことに、小石川植物園に足繁く訪れる来園者の中には、植物以外の生き物が目当ての方も少なくない。カワセミもいるくらいなので、バードウォッチャーはもちろん、きのこを探しに定期的に来園する少女もいる。これというのも植物園がなるべく自然環境に近い姿を残しているがため、一つの有機的な生態系が保たれているからであろう。実は小石川本園は、かのモースが日本国内で大森貝塚の次に貝塚を発見した場所でもある。江戸時代の御薬園・養生所の跡として、あるいは関東大震災の避難場所の記憶の地として、歴史を旨に訪れる方も多い。植物の側面以外にも、小石川の植物園は日本の文化に貢献してきたようだ。

三四郎池の植物散歩

「是は何でせう」と云つて、仰向いた。頭の上には大きな椎の木が、日の目の洩らない程厚い葉を茂らして、丸い形に、水際迄張り出してゐた。

「是は椎」と看護婦が云つた。丸で子供に物を教へる様であつた。

「さう。実は生つてゐないの」と云ひながら、仰向いた顔を元へ戻す、其拍子に三四郎を一目見た。　（二）

ご存じ、夏目漱石『三四郎』（明治四十二年）の一節である。

この作品以来、東大の構内にある正式名称「心字池」は三四郎池と呼ばれるようになった。美禰子が三四郎と初めて出会った記念すべき舞台だからであろう。とすれば、その実在の池を目前にした時、作品の中で三四郎が池のどこに立っていたのか、美禰子が「是は何でせう」と聞いた椎の木はどの樹なのか、そういうことが気になるのは、自然の成り行きである。それを促すかのように、三四郎池周辺は作品の中で詳細に描写されている。たとえば、今引用したくだりの少し前には、こういう記述がある。

「不図目を上げると、左手の岡の上に女が二人立つてゐる。女のすぐ下が池で、池の向ふ側が高い崖の木立で、其後ろが派手な赤錬瓦のゴシツク風の建築である。さうして落ちかゝつた日が、凡ての向ふから横に光を透してくる。」

夕日の方角、岡、崖といった顕著な地形。これだけ手がかりがあれば、位置関係は一義的に決まりそうなものだが、これが意外にむつかしい。岩波書店の『漱石全集』（平成五年）でさえも、この「赤錬瓦のゴシック風の建築」が当時あった建物のうち、どれを指すのか、わからないと注記しているくらいだ。情報量は多いので、何となく位置関係がわかったような気がするのだが、いざ位置を詰めていくと、だんだん錯綜してきて矛盾が生じるのである。まして三四郎池の周りには、椎の木は一本限りではなく、複数生えている。となると、美禰子が「是は何でせう」と言った椎の木が、どの椎なのか、特定するのは困難だ。あきらめよう。そもそも当方とても、東大の観光振興を目的とするわけではないから、熱心さが足りない。「三四郎、美禰子見初めの椎の木」と称して縁結びの神様に祭り上げようというわけではないのである（考えてみると、三四郎は最終的に失恋するのだから、縁結びの神様はおかしいか）。もうすこし丁寧にやれば、あるいはわかるものかもしれない。興味のある方にこのへんはお譲りしよう。

そうでなくても、当時から現在に至るまでに、池の周辺に生える木々はずいぶんと変遷を経たはずである。『三四郎』以降、本郷構内は関東大震災、第二次大戦といった大きな事件をくぐり抜けてきた。変化のないほうがおかしい。大木の椎や栃の木などはおそらく当時からのものだろうが、アオキなどのような小さな木や、草はどうかわからない。実際、私自身が本郷に通うようになってから今まで、十年はたっていないというのに、ずいぶんと様変わりした。例えば『三四郎』では、三四郎は「熊笹の中を水際へ下りて、例の椎の木の所迄来」るのだが、今、三四郎池には。熊笹ではなくチゴザサの類がたくさん植えられている。これはほんの二、三年前の植栽である。数年前には、本郷構内の樹はリストアップされ、主要な樹には名札がつけられたが、今や名札を持たない木もあれば、本体を失って名札だけ残されたところもある。

　そういう変化の中ではっきり覚えていることの一つは、数年前、池の中心の小島にあったモミジが池の水位の異常変動のために、枯れて失われたことである。このモミジ、それにしてはやや稚かったような記憶があるが、もしかすると『三四郎』で登場したモミジだったかもしれない。『三四郎』にはこうある。

「島にはたゞ二本の樹が生えてゐる。青い松と薄い紅葉が具合よく枝を交し合つて、箱庭の趣がある」（六の十二）

　モミジは三四郎が御殿下の運動会から抜け出して、美禰子と初めて出会った場面を、二人で回想する場面にも登場する。「岡の上り際の、薄く色づいた紅葉の間に、先刻の女の影が見えた」。今も、御殿下会館の裏、御殿下グラウンドを見下ろす一角には複数本のモミジがあるが、これを除くと、他に本郷構内にはモミジは見当たらない。島でモミジと並んで生えていたことになっている松も、実は三四郎池周辺以外では目につかない木の一つである。『三四郎』(三の二)では、正門近くにも松が植わっている記述が見られるので、これは近年の現象かもしれないが、今、不思議なくらい本郷構内は松が少ない。今、三四郎池の周辺に古風な雰囲気があるのは、こうした植栽の違いによるところも多いに違いない。

構内の樹といえば、『三四郎』(三の一)には、東大入学後初めて、三四郎が本郷構内を見て歩くくだりがある。それだけに本郷構内に目立つ樹は、ここで大体見ることができる。順に見ていくとすれば、まずは銀杏だろう。東大の校章も銀杏のマークである。三四郎も「取突《とつつき》の大通りの左右に植ゑてある銀杏の並木」を眺めている。時計台の前の銀杏並木は、夜間照明が利かなくなるという理由で、時々枝おろしをやる結果、枝ぶりが伸びやかでないのが残念だが、それでも黄葉はみごとである。秋雨の日がよい。濡れて艶やかな黒のアスファルトと黄のコントラストが美しい。銀杏といえば、東大の小石川植物園にある大銀杏は今年(一九九六年)、お祝を受けることになっている。あの大銀杏の若い実から、世界で初めて、銀杏が精子を作ることが発見されたのが、ちょうど百年前だからである。ちなみに同じ年、小石川植物園ではソテツからも精子を発見している。維管束を持つ高等植物が精子を作る、という発見は、日本の植物学の最初の業績だったといってよい。

　いっぽう「大きな欅」も作品の中で特筆されている。これは現在、構内のあちこちにあり、私は本郷の象徴として、銀杏よりもむしろ欅をあげたいくらいである。一番若いのは、理学部二号館の前、総合研究資料館へ向かう道の左手にある列であろう。大きな樹では、特に三四郎池のすぐ横、図書館との間にある並木が自然な枝ぶりで、なかなか気にいっている。東大入試の合格発表は例年、この樹の下で行なわれる。芽吹きの時、枝が柔らかく撓《たわ》む様子がいい。やがて新緑となり、花が木の下に散り敷く。盛夏にはいつの間にか枝も固まってもとのように姿勢を正し、木陰を作る。冬の枯れ姿も、初春の、枝が陽光に照るさまもなかなかのものだ。工学部の坂にある並木もよい。欅にも案外個性があって、たとえば理学部化学館の建物のすぐ横にある一本は、不思議に建物の煉瓦色とそっくりに紅葉する。擬態しているかのようだ。多くは黄色味のかかった褐色に色づく。

　また『三四郎』には、図書館の「赤い壁に添《っ》けて、大きな棕櫚の木」が五、六本ある、という記述も見られる。それが三四郎の見立てでは「大いに好い」というのである。今、東大構内に棕櫚は多い。もともと棕櫚は暖かい国の植物である。東京のヒートアイランド化に伴い、関東近郊では近年、種子散布による野生化が著しいが、『三四郎』のころはまだ、人が植えた所におとなしく育っていたはずである。その整然とした様子が、三四郎には好ましく、また珍しかったのだろう。

その他、三四郎池周辺に見ておくべき木として、作品の記述を補うべきものをあげるとすれば、三つ。一つは、安田講堂側の坂の途中にあるヒトツバタゴ。いわゆるナンジャモンジャである。初夏、白い花を樹冠いっぱいにつけ、モクセイ科だけに香りが著しい。坂の途中であるうえに樹冠が高い所にあるので、足下ばかり見ていると気づかないかもしれない。散り始めれば、木の下は白い花でいっぱいになるので、おわかりになろう。

一つは、栃の木である。この木、派手さはないが三四郎池の周辺にある樹はかなり大きく、なかなか味がある。大型の葉の形もいいし、初夏の花もいい。白い地に、芯は黄色いのが、開花が進むと赤くなってゆく。これが穂になってすっくと咲くさまは堂々としたものだ。三四郎池には何本もあり、文学部から三四郎池を望むあたり、テラス状になっている所の正面では、うまく花が眺められる。東京の暑い夏は、山の木にとっては酷らしく、真夏の葉の傷みようは痛々しいくらいだが、それでも秋には立派な実をつける。艶やかな、栗を大きくしたような実である。

あともう一つ、クスノキ（楠）をあげたい。時計台の前の大きな二樹は、のたうつように四方に伸びた太い枝が見事だ。一本だけでもこんもりと、森を思わせる。本郷通り沿いの並木も、その常緑が煉瓦色とよくマッチしている。とくに新緑の頃は陽光との相性がよい。この頃は、クスノキの最もよい時期で、落ち葉や落花がさわやかな香りを放ち、樟脳の材料であることも思い出させてくれる。銀杏と並んで、東大を代表する木だろう。

ところで三四郎池はすでに定着した名称だが、東大には、一二浪池と呼ばれる池もあることはご存じだろうか。もっとも一二浪池があるのは、本郷ではない。目黒区の駒場キャンパスにある。字面からおわかりのように、三四郎池のパロディー的な名称のこの池、正式名称がないらしい。私たちよりも前の世代には「秘境」と呼ばれていたようだし、今の世代はどう呼んでいるか知らないが、私たちは少なくとも「一二浪池」と言っていた。入学したての教養課程は、皆駒場で過ごす。だからこういう名称になる。

この一二浪池、駒場構内の本当に片隅にあって、池への降り口は狭く急。だから、ほとんどの東大生も行ったことがないのではないだろうか。本郷構内の中心に位置し、道が整備され、ベンチまである三四郎池とは好対照の、人気のなさである。それでも、三四郎池同様、池を渡る橋があって、小道ながらも一周する道がついている。一周するには、時々腰をかがめて頭上の枝をよけなければならないし、道はしばしばぬかるむが。

三四郎池との最大の違いは、放任されていることだ。三四郎池のある本郷が専門課程を代表し、一二浪池のある駒場が教養課程を代表するのと、うまく対応しているようなところがおもしろい。水は湧いている。春には構内のヒキガエルが集って産卵し、梅雨時には堆積した落ち葉の上に、いろいろな茸や粘菌が子実体を作る。夕方には蝙蝠が頭上を飛ぶ。生物好きには、心落ち着くいい所だ。私個人としては、三四郎池よりも一二浪池のほうが好きである。

ただ、本当の三四郎池と駒場の一二浪池とには、不思議な共通点もある。一つご紹介しておこう。このあたりには、どちらも春になると帰化植物のセリバヒエンソウが咲く。薄い青紫の小さな花である。切り花でもてはやされているデルフィニウムと同じ仲間のこの花は、なぜか本郷でも駒場でも、東大の構内では繁茂していながら、一歩構内から外へ出ると、ほとんど見られない。試しに栽培してみると、別に土地を選ぶわけではないのだから不思議である。それならどんどん外へ広がって行けるはずだ。例えば、やはり春になると日本中で花を咲かせるハルジオン、これは小石川植物園から広まったものである。同じことがセリバヒエンソウでなぜ起きないのか。駒場も本郷も、一歩外へ出ると道路で囲まれている。それが原因で、広がろうにも広がれないのか。駒場も本郷も外界と隔絶しているということなのだろうか。そういえば、『三四郎』には「赤門の前を通る筈の電車は、大学の抗議で小石川を回る事になつた」ことについて、三四郎が「電車さへ通さないと云ふ大学は余程社会と離れてゐる」（二の三）と考える場面がある。

ただ、その中にいる人間としては、これについて二つ注意を喚起しておく必要があるだろう。一つは、この春、ついに南北線に東大前という地下鉄の駅ができるということだ。「赤門の前」でなく、少しずれて、本郷の隣の弥生地区の横にだが。どうやらこの東大、そのくらいには社会と繋がっているらしい。

もう一つ、もっと大事なことは、三四郎に大学の社会との隔絶の象徴として取り上げられる人物、「穴蔵の下で半年余りも光線の圧力の試験をしてゐる野々宮」のせりふの内容だ。彼はこう三四郎に言って聞かす。

「近頃の学問は非常な勢で動いてゐるので、少し油断すると、すぐ取り残されて仕舞ふ。人が見ると穴倉のなかで冗談をしてゐる様だが、是でも遣つてゐる当人の頭の中は劇烈に働いてゐるんですよ。電車より余っ程烈しく働らいてゐるかも知れない」（二の五）

『三四郎』の植物を軸として、東大についていろいろ書いてはみたものの、中にいる人間として、本当に理解してほしいのは、実はこの最後の部分である。

（『東京人』一九九六年五月号）

文庫版追記　一二浪池については、その後、大改修が施され、非常にこざっぱりとしたゾーンとしてアクセスも容易に整備された。これはそれまでこの地域を一種の魔境と捉え、近づくことさえなかった多くの学生にとっては、新たな憩いの場を提供したと思う。ただし私にとっては残念なことに、一帯が一気に明るくなり乾いたため、以前豊富に見られた粘菌など、普通一般の学生はその名を聞いたことも見たこともないような、それでいて生物マニアの愛する生物たちが、一斉にいなくなってしまったことだ。惜しいことをしたが、これは世界各地で見られる開発か保全かというジレンマの縮図、その典型である。

あとがき

本書はご一読のように、日本の近代文学と植物の関わりを話題とした文章をまとめたものである。

「文学と植物」というテーマをかかげたものとしては、これまでは万葉集や源氏物語などのような古語でつづられた古典文学を対象としたものがほとんどであった。近代文学、特に小説作品を対象としたものは、非常に少ない。おかげで私は先達の助けをうることが少なかった代わりに、自由に作品を選んで好きなことを言うことができた。しかもいくつかの例では、このことを指摘するのは自分が最初に違いない、という喜びがあった。いわば未開拓の分野であって、人跡未踏の土地に入って新種の植物を発見・採集し、それを公表するのに近い楽しみがあったわけである。

ただしこの未踏の地も、実はそれほど豊饒な土地というわけではなかった。

ここで取り上げた作品の多くがいわゆる古典であるのは、偶然ではない。もともと日本の文化は、普通いわれているほどには自然の風物を尊ばなかった。創作の対象となった野生生物は一部の特定の種類に集中しており、蝶や雑木、身近な野草などはほとんど顧みられることがなかった。表現上も、故事来歴にのっとって作中に織り込む技術ばかりが発達し、実物をありのままに見ることが少なかった。極言すれば、花鳥風月の約束を尊ぶことが、自然を素直にみつめる姿勢よりも重視されたということになる。

そうした中にあって、花鳥風月の作法が決まっていない植物や動物をもとりあげた作家というと、これは実際わずかしかいない。しかもいわゆる古典の作者となる。たとえばそれは、夏目漱石、泉鏡花、三島由紀夫、志賀直哉、井伏鱒二などである。彼らについて特筆すべきことは、動植物のみならず登場人物についても、多様な個性をさまざまに描き分けていたことであった。彼らの存在は従来、「文学向き」の特定のタイプの人間の心理を深く追究する作家と合わさって、全体として小説世界が世の森羅万象を網羅することに寄与していた。多くの読者は、その結果として自分と似た存在を作品中に見出すことができたのである。事実、鏡花や三島の作品に登場する人物群の多様なことは、彼らが多作だったこともあるが、驚嘆に値する。寡作であった漱石ですら、ていねいに見てみれば、意外に広い人物層をカバーしている。

だが、彼らのような作家が野生生物同様に絶滅してしまった今日、作品世界と共感できる読者層は極めて薄くなっている。私自身、最近の作品には不満を感じている。動植物の描写のみならず、私の身の回りにいる、いわゆる理系の人間の描写があまりにも不正確で現実離れしているからである。そうした類の不満が私のみのものでないことは、多様な世界を対象とするノンフィクション文学や幻想文学が、最近特に注目を集めていることからもうかがえる。野生生物の世界同様、文学界でも、種の多様性の維持は重要な課題である。

本書のいくつかの項は、そうした多様な植物を描いた作品を対象に、通常読み過されている、あるいは誤読されていると思われる点について指摘することを主眼とした。が、そのうち残念ながら「ごんごんごま」に関しては、いろいろ手を尽くしても結局その正体がつかめなかった。本稿では、そのいきさつを描いたので、もしご存じの方がおられたら、ご教示願えればさいわいである。（本文を読了された読者の皆さんはすでに御存知の通り、その正体は単行本を刊行後、幸いにして判明した。「ごんごんごまの本名」の章がそれであり、そこで残っていた課題も本文庫化に当たり解決したと考えている）

いくつかの話については雑誌発表後、小説にはこんな読み方があるんですね、という感想をいただいた。

本を読む楽しみに、理系と文系の違いなどありはしないと思う。むしろ個人差の方が大きいであろう。私にとって読書の楽しみの、ごく一部、植物好きという側面から読んだときのものである。読む人それぞれに重層的に読める作品こそすぐれた文学だというのは、けだし名言だろう。

なお本書中の作品の引用は原則として個人全集等によった。

最後にこの場を借りて、謝辞を述べさせていただきたい。標題の『漱石の白くない白百合』は、この手の文章として私が初めて発表した、第一作によった。この時発表の機会を与えて下さった東京大学出版会の小松美加氏には、文筆家としての私の生みの親として感謝したい。また生みの親がいれば育ての親もいるわけで、これには、本書に再録したいくつもの作について、『図書』誌上への発表の機会とさまざまなアドバイスとを与えて下さってきた、岩波書店の浦部信義氏に感謝の意を述べたい。一方ここに書いた内容は全て、前述の通り植物と小説がセットになっているものばかりである。これについては、植物と読書とを好む性向を譲り与えてくれた点からも、実際の私の生みの親である母、また父に感謝したい。加うるに、本書そのものの生みの親として、文藝春秋の宇田川眞氏に感謝する次第である。

なお、本書は植物学専攻大学院生として行なった研究活動の、余暇に書き継いでいったものである。その結果、発端の標題作が大学院最初の年に書いたもの、本書の刊行が丁度大学院修了の春、期せずして卒業記念制作という形になった。その準備をよそに本業の研究も無事所定の年度にまとめられたことに関し、東京大学の理学部植物学教室関係者の皆様をはじめとして、研究上の指導・激励を頂いた方々にあつく御礼申し上げたい。日常の学生生活を支えてくれた友人たちにも感謝する次第である。

一九九三年三月

塚谷裕一

文庫版あとがき

辞典編纂で有名だった新村出《しんむらいずる》のエッセイに「どくだみ」というものがある（昭和十五年。「月明」『自然の手帖』昭和三十八年所収）。「あのまゝ看てゐたら無比な名花ともいへる」と、その風情を讃えた作品だ。その短い文章の中で、ひときわ印象的な一文がある。「俳句にさへ明治大正期まで取りあつかはなかつたのやうなのは、俳人どうかしてゐる」。ちょっと笑ってしまう不平文句だ。

日本は小さな島国であるが、幸いにして本州を中心に列島が南北方向に長く伸びている。そのため数多くの植物が氷河期に大陸から南下して逃げ込んできては、その後、涼しい山岳地帯に生き残るということを繰り返してきた。かつまた南方からも沿岸や南の島々に植物が分布を広げてきたため、日本は面積あたりの植物の種数が非常に多い。そうした野生種に加え、梅や菊のように大陸から文化の伝播とともに渡来した植物も多い。これら豊富な素材をもとに、江戸期には園芸文化も世界的に類を見ないほど発達した。当時、黒船に乗ってやってきた海外の植物学者が驚嘆し、競って数多くの植物を故国に持ち帰ったほどである。

ところがその園芸文化、そして自然の山野における豊かな植物たちが、昭和、平成、令和といった近年の日本文学ではほとんど顧みられていない。とくに小説の世界がそうだ。冒頭の新村氏の言を借りるなら、「文学者どうかしてゐる」。

しかし西洋文化が導入されたばかり、日本語による小説というジャンルが試行錯誤されていた明治大正期の小説はそうではなかった。とくに泉鏡花の膨大な小説群の中に現れる植物相の豊饒さは、あの文体の特異さ、豊かさと緊密に絡み合い、独自の世界を構築している。夏目漱石も文体としては対局にある作家だが、その小説世界における植物の扱いの深さは同じものがある。だがその後、上記の通りそういう傾向は日本の小説から失われていった。そのため現代の注釈などでは多くの誤解が見られる。

本書は最初、私が専門とする植物発生遺伝学の方の学位論文をまとめるのとほぼ同時に出版していただいた第一著作『漱石の白くない白百合』をもとに、一部その後発表した文章群と入れ替えることで、編集部で組み直していただいたものである。このときの表題は、漱石の『それから』に登場する白百合に対して誤解があることに気づき、そのことを指摘したいと思って書いた小文に由来する。漱石に限らず、当時の日本の小説がおしなべて、「白百合」という言葉を今日わたしたちが脳裏に浮かべる「白百合」とは違うものに対して使っていたことは、それまで多分、だれも気づかなかったのではないか。これらの指摘に期待以上の反響があったことから、その後も日本文学に登場する植物に関し、見過ごされていると思われること、誤解されていると思われることについて文章を書いてきた。

　しかし何しろ大学院生としての本業（これは簡単に言うと、植物の姿かたちがどんな遺伝子の働きでどのようにでき上がるのか、という研究分野である）の傍ら、趣味として書いていた文章が主だけに、今読んでみると若書きと感じる所も多い。じっくり練りに練ったのが分かる文章の隣に、一気呵成に書いたな、というのが分かる文章がある。科学論文の思考法の癖があるため、証拠を言い立てようとするとこれでもかと畳み掛け得る癖も散見される。当時、エッセイで著名なある方に「僕だったらこれだけのネタがあったらもっと小分けにして書くなあ」と言われたのを思い出す。そのぶん、自分で読んでみても「よく調べたなあ」と思わされるところも多い。一途な大学院生だったのだなと、我が事ながら微笑ましく思う。その努力を買っていただけたら幸いであるが、その頃は疑問を提示するのが精一杯で、解決までに長年かかったものもある。鏡花と梶井基次郎が作品に登場させた「ごんごんごま」という植物については、本文庫でようやく全てが解決した。明治大正期の小説における植物の豊かさは、かくも忘れられてしまった側面が多いのである。

　ただ、忘れてしまったものも、ひとは思い出すことができる。本書をきっかけに、日本の文学作品を読む際、そこに登場する植物たちに気を留めるようになっていただければ幸いである。本書の構成に関しては、中央公論新社文庫編集部の村松真澄氏に全面的にお世話になった。過去の私の発表文をサーベイして、文庫版構築にふさわしいものを過不足なく提案してくださったその手腕には、企画当初から驚かされた。丁寧な読み込みとアドバイスにも、この場を借りてお礼申し上げる。

なお植物や読書を子どもの頃から好むようになったのは、母の影響が極めて大きい。既に亡い母にも感謝の意を述べたい。そして最後になったが、ここまで読んでくださった読者の皆さんに深く感謝する次第である。

二〇二二年三月

塚谷裕一

解説

大岡 玲

自分が多少知見を持っているとうぬぼれている分野について、考えたこともないような新視点をあざやかに見せつけてくれる文章に出会うと、驚愕と爽快感で脳みそが空中に発射されたような感覚におちいることがある。かつて塚谷裕一氏の『漱石の白くない白百合』を読みはじめた途端に私が感じたのは、まさしくそういう気分だった。

夏目漱石が作中に百合の花を好んで登場させていることについては、おぼろながらも知るところはあった。しかし、塚谷氏がまさに指摘するように、〈白の側に立つシンボルとしてのみ〉認知していただけであり、それが〈生きた植物として何百合であるのか〉について思いめぐらせたことは、ただの一度もなかった。さらに言い重ねるなら、私もまた多くの読み手と同様に、白い百合＝鉄砲百合という風に捉えていたのだ。こうした私の思いこみは、植物学の専門知に支えられた氏の緻密で犀利なテキスト読解によって、見事にきれいに覆されたのである。

ここで「見事にきれいに」と記すのは、単に言葉の綾ではない。『それから』で描かれた「白百合」が、決して純白とはいえない「山百合」であった、という氏の論証は、正確なメスさばきで植物を解剖し、切り分けたその各部位を繊細なピンセットの動きで素早く的確に分類して並べていく、その動きのように美しいのだ。こんなにもサイエンティフィックに美しい文芸批評を、私はこれまで読んだことはない。

科学者で文学者というと、多くの人が漱石門下の寺田寅彦を想起するだろう。彼の随筆には、たしかに物理の専門家らしい科学的な知見がちりばめられている。ただ、寺田の場合、そうした知見は、文学的な興趣をもたらす材料として使われているケースがほとんどで、知見そのものを生みだす科学の手法が作品自体を構成しているとはいいにくい。一方、われらが塚谷裕一の文芸批評では、科学の手法が文学の内実を追究する文体そのものと化しているのである。

そして、明快かつ果断、加えて情熱的でもあるその文体で語られるのは、『それから』の「白百合」が、実物としては決して純白ではない山百合でなければならなかった理由だ。一種独りよがりな考えから想い人である三千代を友人平岡に譲った主人公代助が、紆余曲折の果てに、どのような試練があろうとも人妻である三千代とともに生きていこうという決断に至る十章から十四章までの場面では、ふたりにとって思い出深い、甘ったるく重苦しい強い香りを放つ山百合こそがふさわしい。なぜなら、自然の強さそのものでもあるその香りは、〈自然の昔に〉帰って三千代とともに歩もうとする代助の推進剤だったからなのである。

と、ここまでは、塚谷氏の「百合」についての第一論考の内容なのだが、今回まとめられた文庫にはこの論考を修正する「白百合再考」という文章も収められている。それによれば、『それから』の十章で三千代が代助のもとに持参した百合は、作中の季節から考えて純白の鉄砲百合であり、それから〈少なくとも二十数日〉を経た十四章で代助自身が購入したものは、純白ではない山百合だったはずだ、というのである。この違いを光源にして塚谷氏が映しだしてくれる『それから』の風景、漱石の企図に対する細やかで大胆な推理には、ただただ感嘆のため息を漏らすのみである。

さて、この「白百合問題」は、漱石にとどまらず他の近代作家たちにも波及していく。「描かれた山百合の謎」の章では、徳冨蘆花や泉鏡花、北杜夫、そして山百合を白いとは書かなかった稀有な例外として三島由紀夫を取り上げながら、〈近代文学においては山百合はあくまで白いものであった〉理由が問われる。色だけではない、蘆花にいたっては〈重く、きつい〉山百合の匂いまで実際とは異なる〈清香〉という表現をしているのだ。いったいなぜなのか？

塚谷氏は、ここで手がかりを探る範囲を近代からそれ以前の時代へと拡げる。百合を白さの象徴として捉える文学的感受性は、『源氏物語』に代表される平安期の文学にあったのだろうか、鎌倉・室町期には存在したか、江戸時代はどうか。すると、いずれの時代にも「白い百合」は登場しない、それどころか〈そもそも百合という言葉さえ皆無〉であることを発見する。また、本州には自生しない純白の百合は、京都など日本文化の中心地にいる人々にとって無縁だったという植物学上の歴史的事実をもそこに合わせると、百合の白さを文学的象徴として使用するカルチャーが、近代以降のものであることが判明するのである。しかも、それがキリスト教と密接な関連のある〈舶来思想〉に根ざす象徴性であったこともわかるのだ。

また、塚谷文学探偵は、不当な汚名を着せられた作家の救済にもすぐれた手腕を発揮する。山百合を白いとは書かず、その〈色彩・斑紋を非常に写実的に表現した〉三島由紀夫がその人だ。「三島由紀夫と松の木の逸話」の章は、〈三島由紀夫は松すら知らぬほど植物に疎かった〉という、文学好きのあいだで有名なエピソードから始まる。これは、ドナルド・キーンが三島の取材旅行に同行した時の経験を記した文章が典拠になっているのだが、キーンが三島と個人的にも親しかったこととあいまって、無条件に受け入れられ流布した話である。

三島のよき読者とはいえない私自身、ああ、そうなんだ、という程度の認識であったし、四十数年前、まだ大学生だった頃、実際にキーン氏にお目にかかった際には、物知らずの生意気さでこのエピソードを基に三島は結局頭でっかちな文学者だったのだと断定して、キーン氏を困惑させた記憶がある。みずからの文章を半可通の若造に利用されて、キーン氏もさぞ片腹痛く思われたことだろう。氏の困ったような苦笑いを思いだすと、今でも冷や汗が出てくる。

聞きかじりで恥をさらす私のような者に対して、塚谷氏は事実はそうではなさそうだ、とていねいに論証してくださる。三島の作品には多くの植物が描かれ、しかも〈一寸珍しいものまでさりげなく取り上げられて〉いて、その登場のさせ方は〈適材適所、あやまたず配置されている〉というのである。種類の豊富さはもちろんのこと、描写も〈山百合の花の色彩に関して〉、〈これ以上に精緻な例を他に私は読んだことがない〉と氏は断言する。植物に詳しく三島と親しかった澁澤龍彦もまた、幼い頃動物学者になろうと夢みた三島が植物に疎かったはずはない、と否定していたことも氏は併せて記している。

では、なぜ三島由紀夫はこんな汚名を着せられたのだろうか。塚谷氏は、〈三島が効果的に用いた植物は、普通小説では取り上げられないような種類が多く、一種の偏りがある〉点に着目する。さらに、『豊饒の海』で三島が桜の花を描く際、花弁のみならず花の芯の様子まで述べている異端ぶりにも目をとめる。そして、「花」といえば桜という風な、日本における花鳥風月の伝統的手法＝「実物を離れた描写の定型化」を三島が嫌ったのではないか、と推測する。

つまり、花の〈部品ごとに分解して描写するやり方〉を採用することによって、陳腐化した王朝風美意識に抗していた。その種の美意識で尊重される〈桜、梅、もみじ、秋草といったものに文章を多く費や〉すことなく、〈植物好きなら思わず笑みを漏らしてしまうような〉珍しいものを取り上げたところに三島流の美意識があった、ということになるのだ。これは、三島が人工的で唯美的な作風の文学者だという一般的な認識とはかなり距離がある見解にも思え、きわめて興味深い。ともかく、三島由紀夫が〈植物オンチ〉ではなかったことは、塚谷探偵によってはっきり証明されたのである。

本書の読みどころは他にもいくらでもあるのだが、あまりくだくだしく述べ立てて、読者諸賢の感興を削ぐのは本意ではない。ただ、小説を書くこともある人間としてちょっと「ひりひり」してしまう章について最後に申し述べておきたい。それは〈小説とチフスの役割〉の章である。研究旅行の同行メンバーがチフスに罹患した、という実体験から、日本の近代文学においてチフスが多く登場し、しかも登場人物の命をしばしば奪っていることに塚谷氏は気づく。私の「ひりひり」は、この論考の締めくくり部分で頂点に達する。曰く、〈チフスが稀になった現在、小説家は登場人物の突然の死をどうやって実現するのか〉。〈チフスは現在、交通事故に取って代わられたのである〉。小説家の陳腐で定型化した物語運びへの痛烈な皮肉ではないか。みずからの創作を顧みて、「ひりひり」どころか「ぶるぶる」震えてしまった。

そして、本書全体を通じて見られる、昨今の作家が漱石や泉鏡花、三島といった創作者に比べ、植物にあまり意識を振り向けていないことへの著者の慨嘆にも「ひりひり」してしまう。はるか以前、「女性の植物学者を主人公にして、植物学をしっかり踏まえた小説を書きませんか。全面的にバックアップしますよ」と、塚谷氏に言っていただいたことがある。だが、創作能力の不足のみならず、梅と桃の区別さえわからなかったりする植物オンチの身の上には畏れ多すぎるお言葉だったので、尻込みしたままご無礼をしてしまった。調子に乗って悲惨な結果になったりしなかったことは、今となってはよかったと思っている。その後、三浦しをん氏が、『愛なき世界』（中公文庫）という作品において塚谷氏とのコラボを見事に果たされたので、私もなんとなくホッと胸をなでおろした。とはいえ、塚谷ファンとしては、満を持して御大登場、珠玉の植物学小説をお書きになる、という流れをひそかに心待ちにしてもいる。塚谷先生、いかがなものでしょうか。

（おおおか・あきら　作家、東京経済大学教授）

作品名索引

編集付記

一、本書は、『漱石の白くない白百合』（文藝春秋　一九九三年四月刊）に、「白百合再考」「ごんごんごまの本名」「芥川の心象に生えた植物」「三四郎池の植物散歩」を増補し、再編集したものである。

一、文庫化にあたり、作品名索引を付した。

一、初出は各章末に記した。記述のないものは『漱石の白くない白百合』が初出である。

一、文学作品の引用は各作家の全集に拠った。

一、引用文中に今日では不適切と思われる表現もあるが、発表当時の時代背景と作品の文化的価値に鑑みて底本のままとした。

中公文庫

漱石《そうせき》の白百合《しらゆり》、三島《みしま》の松《まつ》
——近代文学植物誌《きんだいぶんがくしょくぶつし》

2022年6月25日　初版発行

著　者　塚《つか》谷《や》裕《ひろ》一《かず》

発行者　松田陽三

発行所　中央公論新社
〒100-8152　東京都千代田区大手町1-7-1
電話　販売 03-5299-1730　編集 03-5299-1890
URL https://www.chuko.co.jp/

DTP　ハンズ・ミケ
印　刷　三晃印刷
製　本　小泉製本

Published by CHUOKORON-SHINSHA, INC.
Printed in Japan　ISBN978-4-12-207218-3 C1195

中公文庫既刊より

各書目の下段の数字はISBNコードです。978-4-12が省略してあります。

て-8-3
漱石先生 寺田寅彦
自他共に認める別格の弟子が文豪の素顔を親愛の情を籠めて綴る。高等学校での出会いから周辺に集う人々まで。文庫オリジナル。〈巻末エッセイ〉中谷宇吉郎
206908-4

な-73-3
鷗外先生 荷風随筆集 永井荷風
師・森鷗外、足繁く通った向島・浅草をめぐる文章と、自伝的作品を併せた文庫オリジナル編集。巻末に谷崎潤一郎、正宗白鳥の批評を付す。〈解説〉森まゆみ
206800-1

な-73-1
麻《あざ》布《ぶ》襍記《ざっき》 附・自選荷風百句 永井荷風
東京・麻布の偏奇館で執筆した小説「雨瀟瀟」「雪解」、随筆「花火」「偏奇館漫録」等を収める抒情的散文集。初の文庫化。〈巻末エッセイ〉須賀敦子
206615-1

な-73-2
葛飾土産 永井荷風
石川淳が「戦後はただこの一篇」と評した表題作ほか、短篇・戯曲・随筆を収めた戦後最初の作品集。久保田万太郎の同名戯曲、石川淳「敗荷落日」を併録。
206715-8

う-9-4
御馳走帖 内田百閒《ひゃっけん》
朝はミルク、昼はもり蕎麦、夜は山海の珍味に舌鼓をうつ百閒先生の、窮乏時代から知友との会食まで食味の楽しみを綴った名随筆。〈解説〉平山三郎
202693-3

う-9-5
ノラや 内田百閒
ある日行方知れずになった野良猫の子ノラと居つきながらも病死したクルツ。二匹の愛猫にまつわる愛情と機知とに満ちた連作14篇。〈解説〉平山三郎
202784-8

う-9-10
阿呆の鳥飼 内田百閒
鶯の鳴き方が悪いと気に病み、漱石山房に文鳥を連れて行く……。『ノラや』の著者が小動物たちとの暮らしを綴る掌篇集。〈解説〉角田光代
206258-0

う-9-11 大貧帳 内田百閒

お金はなくても腹の底はいつも福福である――質屋、借金、原稿料……飄然としたなかに笑いが滲みでる。百鬼園先生独特の諧謔に彩られた貧乏美学エッセイ。

206469-0

う-9-15 追懐の筆 百鬼園追悼文集 内田百閒

夏目漱石、芥川龍之介ら文学者から、親友・宮城道雄、学生、飼猫クルツまで。哀惜をこめてその死を悼み、思い出を綴る。文庫オリジナル。〈解説〉森まゆみ

207028-8

う-9-16 蓬萊島余談 台湾・客船紀行集 内田百閒

台湾へもう一度行き度くて夢に見る様である――友人に招かれ鉄路で縦断した台湾をはじめ、日本郵船での太平洋戦争直前の客船紀行を集成。〈解説〉川本三郎

207165-0

み-9-9 作家論 新装版 三島由紀夫

森鷗外、谷崎潤一郎、川端康成ら作家15人の詩精神と美意識を解明。『太陽と鉄』と共に「批評の仕事の二本の柱」と自認する書。〈解説〉関川夏央

206259-7

み-9-10 荒野より 新装版 三島由紀夫

不気味な青年の訪れを綴った短編「荒野より」、東京五輪観戦記「オリンピック」など、〈楯の会〉結成前の心境を綴った作品集。〈解説〉猪瀬直樹

206265-8

み-9-11 小説読本 三島由紀夫

作家を志す人々のために「小説とは何か」を解き明かし、自ら実践する小説作法を披瀝する、三島由紀夫による小説指南の書。〈解説〉平野啓一郎

206302-0

み-9-12 古典文学読本 三島由紀夫

「日本文学小史」をはじめ、独自の美意識によって古今集や能、葉隠まで古典の魅力を綴った秀抜なエッセイを初集成。文庫オリジナル。〈解説〉富岡幸一郎

206323-5

み-9-14 太陽と鉄・私の遍歴時代 三島由紀夫

三島文学の本質を明かす自伝的作品二編に、自死直前のロングインタビュー「三島由紀夫最後の言葉」（聞き手・古林尚）を併録した決定版。〈解説〉佐伯彰一

206823-0

各書目の下段の数字はISBNコードです。978－4－12が省略してあります。

み-9-15
文章読本　新装版
三島由紀夫
あらゆる様式の文章・技巧の面白さ美しさを、該博な知識と豊富な実例と実作の経験から詳細に解明した万人必読の書。人名・作品名索引付。〈解説〉野口武彦
206860-5

み-9-16
谷崎潤一郎・川端康成
三島由紀夫
世界的な二大文豪を三島由紀夫はどう読んだのか。両者をめぐる批評・随筆を初集成した谷崎・川端文学への最良の入門書。文庫オリジナル。〈解説〉梶尾文武
206885-8

み-9-17
三島由紀夫　石原慎太郎　全対話
三島由紀夫
石原慎太郎
一九五六年の「新人の季節」から六九年の「守るべきものの価値」まで初収録三編を含む全九編。七〇年の士道をめぐる論争、石原のインタビューを併録する。
206912-1

し-9-10
エロティシズム
澁澤龍彦
動物のそれと違い「快楽の欲求」に動かされる「人間の性的活動」。芸術や宗教の根柢に横たわる狂気の世界を渉猟し冒険した軌跡。〈解説〉巌谷國士
206454-6

し-9-11
エロス的人間
澁澤龍彦
「太古の闇のなかの恐怖をそのまま現代に持ってきたかのような、社会生活をおびやかす暗い力」即ちエロティシズムへの考察。〈解説〉諏訪哲史
206455-3

し-9-12
サド侯爵の生涯　新版
澁澤龍彦
神をも恐れぬ性の饗宴に耽溺し、社会と良識に挑戦した十八世紀フランスの貴族、サドの真実を捉えた画期的評伝。〈解説〉出口裕弘〈巻末エッセイ〉三島由紀夫
206918-3

し-9-7
三島由紀夫おぼえがき
澁澤龍彦
絶対と相対、生と死、精神と肉体――様々な観念を表裏一体とする激しい二元論に生きた天才三島由紀夫。親しくそして本質的な理解者による論考。
201377-3

し-9-9
少女コレクション序説
澁澤龍彦
「可憐な少女をガラス箱にコレクションするのは万人の夢であろう」。多くの人々が「少女」に抱いた情熱にまつわる思索。〈巻末エッセイ〉朝吹真理子
206432-4